Ensaio Sobre a Liberdade

Título original inglês: *On Liberty*

Direção Editorial *Ethel Santaella*
Tradução *Rita de Cássia Gondim Neiva*
Revisão *Luciana Duarte*
Diagramação e capas *Marcos Sousa*
Imagens de Capa *Coleção: Shutterstock.com - Avulso: Commons*

Dados Internacionais de Catalogação na Publicação (CIP)
(eDOC BRASIL, Belo Horizonte/MG)

M645e

Mill, John Stuart, 1806-1873.
Ensaio sobre a Liberdade / John Stuart Mill; tradução Rita de Cássia Gondim Neiva. – São Paulo, SP: Lafonte, 2024.
160 p. : 15,5 x 23 cm

Título original: On Liberty
ISBN 978-65-5870-584-0 (Capa Coleção)
ISBN 978-65-5870-585-7 (Capa Avulso)

1. Ciências sociais – Filosofia. 2. Liberdade. I. Neiva, Rita de Cássia Gondim. II. Título.

CDD 323.44

Elaborado por Maurício Amormino Júnior – CRB6/2422

Editora Lafonte

Av. Profª Ida Kolb, 551, Casa Verde, CEP 02518-000, São Paulo-SP, Brasil
Tel.: (+55) 11 3855-2100, CEP 02518-000, São Paulo-SP, Brasil
Atendimento ao leitor (+55) 11 3855-2216 / 11 – 3855-2213 – *atendimento@editoralafonte.com.br*
Venda de livros avulsos (+55) 11 3855-2216 – *vendas@editoralafonte.com.br*
Venda de livros no atacado (+55) 11 3855-2275 – *atacado@escala.com.br*

John Stuart Mill

Ensaio Sobre a Liberdade

texto integral

Tradução
Rita de Cássia Gondim Neiva

Lafonte

2024 • Brasil

ÍNDICE

Apresentação

Este ensaio de Stuart Mill representou, para a época em que foi publicado, uma novidade no contexto histórico-social em que se inseria mais do que nos princípios filosóficos nele expressos. De qualquer modo, o autor influenciou a sociedade do século XIX, ao ressaltar que a liberdade do cidadão é de capital importância para a construção não só de uma sociedade justa, mas sobretudo de um Estado justo, próspero e benéfico para o bem comum de todos os cidadãos em seu conjunto, reflexo do bem-estar de cada indivíduo respeitado em sua liberdade plena e em suas liberdades peculiares e particulares.

Para Mill, existe uma esfera em que a sociedade como um todo e o Estado, de modo particular, não podem aleatoriamente interferir. Essa esfera de não interferência, na qual as pessoas podem fazer opções livremente, é necessária para que o cidadão possa usufruir da felicidade de sua individualidade. Nossa natureza é única e complexa, de tal maneira que não há forma de vida idêntica em que a felicidade seja representada sempre pela mesma escolha.

A natureza é comum a todos os seres humanos, mas cada um a possui de modo diverso. Disso decorre o pluralismo de formas de vida, de busca do prazer, em que o ser humano pode encontrar a felicidade. Liberdade e felicidade são reciprocamente necessárias, não se complementam, uma não é o suplemento da outra, mas ambas devem conviver em níveis e padrões idênticos, pelo menos idealmente.

Desde que a humanidade tenha admitido, pela discussão ampla e livre, que as ações e as atividades de cada um, realizadas de forma autônoma e que não são prejudiciais aos interesses dos outros, refletem o princípio da liberdade e estabelecem a esfera da liberdade e da não interferência, o ser humano passa a viver segundo os princípios que a própria natureza sabiamente estabeleceu. Nessa ótica, a individualidade é o ingrediente mais importante no bem-estar humano. Torna-se pluralidade e comunidade, objetivo precípuo da própria natureza humana que requer convivência e sociabilidade, na soma das liberdades individuais que visam à liberdade do grupo social.

Na liberdade, a moral, a vivência política e social têm sua expressão máxima e se realizam na arte de viver, na sublimidade da vida que, por gênese e princípio, é livre.

A primazia da individualidade é um princípio intocável. O erro do Estado e da sociedade em intervir na liberdade individual é insustentável; só pode ser aceita a interferência desde que seja em ações para promover, desenvolver e proteger os interesses do indivíduo que procura os meios mais apropriados para realizar plenamente sua vida.

A liberdade presume, portanto, vida plena e realização pessoal em todos os sentidos. Nisso ninguém pode interferir, seja ele outro cidadão, seja o Es do ou a sociedade como um todo.

A tradutora

Dedico este volume à amada e saudosa memória daquela que me inspirou, e que foi em parte autora, de tudo o que de melhor escrevi – a amiga e a esposa cujo elevado sentido da verdade e da justiça foram, para mim, os maiores incentivos e cuja aprovação era a minha melhor recompensa. Esta obra, como tudo o que escrevi durante muitos anos, pertence-lhe tanto quanto a mim próprio; até porque este trabalho, tal como está, só em parte pôde usufruir da sua inestimável revisão; algumas das partes mais importantes, que tinham ficado reservadas para uma revisão mais cuidadosa, não mais poderão vir recebê-la. Se eu conseguisse exprimir apenas metade dos grandes pensamentos e nobres sentimentos que foram com ela para a sepultura, o mundo se beneficiaria mais com isso do que alguma vez acontecerá com tudo o que eu venha a escrever, agora que já não posso contar com a prontidão e a assistência do seu inigualável saber.

I – Introdução

O tema deste ensaio não trata da suposta Liberdade da Vontade, infelizmente tão contrária à inadequadamente chamada doutrina da Necessidade Filosófica, mas sim da Liberdade Civil ou Social: a natureza e os limites do poder que pode ser legitimamente exercido pela sociedade sobre o indivíduo.

Uma questão raramente apresentada, e quase nunca discutida, em termos gerais, mas que profundamente influencia as controvérsias práticas de cada época com sua presença latente, e provavelmente logo será reconhecida como a questão vital do futuro.

Não há nada de novo no fato de que, de um certo modo, ela tem dividido a humanidade a partir de quase as mais remotas eras, mas no estágio de progresso no qual as partes mais civilizadas da espécie se encontram agora, ela se apresenta sob novas condições, e requer um tratamento diferente e mais fundamental.

A luta entre a Liberdade e a Autoridade é a característica mais consciente das épocas da história com a quais estamos mais remotamente familiarizados; particularmente da Grécia, de Roma e da Inglaterra. Nos tempos antigos, esta luta se dava entre os súditos, ou algumas classes de súditos, e o governo. Por liberdade entendia-se a proteção contra a tirania dos governantes políticos. Imaginavam-se os governantes (exceto em alguns governos populares da Grécia) em uma posição necessariamente antagônica com relação ao povo por eles governado.

Eles consistiam em um governante único ou uma tribo ou casta governante, que conseguiam sua autoridade por meio de herança ou conquistas, e que, em todos os casos, não a detinham por vontade dos governados, e cuja supremacia os homens não arriscavam, talvez não desejassem, contestar, quaisquer que fossem as precauções que pudessem ser tomadas contra seu exercício opressor.

Seu poder era considerado tão necessário, mas também tão altamente perigoso quanto uma arma que tentassem usar contra seus súditos, não menos do que contra inimigos externos. A fim de evitar que membros mais fracos da comunidade fossem oprimidos por inúmeros abutres, era necessário que houvesse um animal de rapina mais forte do que o resto, encarregado de contê-los.

Mas como o rei dos abutres estaria não menos empenhado em oprimir o bando do que qualquer dos menores gaviões, era necessário assumir uma eterna atitude de defesa contra seu bico e garras. O objetivo, portanto, dos patriotas era estabelecer limites aos quais o governante deveria estar sujeito ao exercer seu poder sobre a comunidade; e esta limitação era o que eles chamavam de liberdade.

Isto foi tentado de duas formas. Primeiro, obtendo-se um reconhecimento de certas imunidades, chamadas de liberdades ou direitos políticos, que era considerado como uma quebra de direitos que o governante pudesse infringir, e que, se ele realmente infringisse, uma resistência específica, ou rebelião geral, se justificaria.

Uma segunda, e geralmente uma providência posterior foi o estabelecimento de controles constitucionais, por meio dos quais o consentimento da comunidade, ou de algum tipo de organização, que deveria representar seus interesses, tornou-se uma condição necessária para alguns dos mais importantes atos do poder governante.

Na maioria dos países europeus, o poder governante foi obrigado, mais ou menos, a se submeter ao primeiro destes modos de limitação. Isso não aconteceu com o segundo; e, em todos os lugares o principal objetivo dos amantes da liberdade era implantar esse modo ou, mesmo quando já atingido até certo ponto, implantá-lo mais completamente.

E enquanto a humanidade se satisfazia em combater um inimigo com outro, e ser governada por um mestre, sob condições de estar a salvo, de forma mais ou menos eficaz, de sua tirania, ela não levou suas aspirações além deste ponto.

Contudo, chegou um tempo no progresso da história da humanidade em que o homem parou de pensar que seria uma necessidade natural que seus governantes representassem um poder independente, contrário a seus interesses.

Parecia-lhes muito melhor que os vários magistrados do Estado devessem ser seus inquilinos ou delegados, passíveis de revogação, conforme sua vontade.

Somente dessa forma, eles poderiam ter completa segurança de que nunca haveria abuso dos poderes do governo para sua desvantagem. Pouco a pouco esta nova demanda por governantes eleitos e temporários tornou-se o objetivo principal dos esforços do partido popular, onde quer que semelhante partido existisse; e suplantado, até um ponto considerável, os esforços anteriores limitavam-se a conter o poder dos governantes.

Como a luta prosseguiu em fazer com que o poder governante emanasse da escolha periódica dos governados, algumas pessoas começaram a achar que muita importância havia sido dada à limitação do poder em si. Isto (pode parecer) era um recurso contra os governantes cujos interesses eram habitualmente contrários àqueles do povo.

O que se desejava agora era que os governantes se identificassem com o povo; que seus interesses e desejos fossem os interesses e desejos da nação. A nação não precisava ser protegida contra seu próprio desejo. Não havia nenhum receio de que ela própria se tiranizasse.

Deixe que os governantes sejam efetivamente responsáveis por ela e, da mesma forma depostos por ela, e ela poderá então lhes confiar o poder do qual ela própria ditará a forma de seu uso.

Seu poder era senão o poder da própria nação, concentrado, e de uma forma conveniente para seu exercício. Este modo de pensamento, ou antes, talvez de sentimento, era comum entre a última geração do liberalismo europeu, na parte continental onde ele aparentemente predomina.

Aqueles que admitem qualquer limite ao que um governo tem permissão de fazer, exceto no caso de governos que eles acham que não deveriam existir, destacam-se como exceções brilhantes dentre os pensadores políticos do continente. Um tom similar de sentimento pode, por esta época, ter prevalecido em nosso próprio país, se as circunstâncias que por algum tempo o encorajaram tivessem continuado inalteradas.

Mas, em teorias políticas e filosóficas, assim como em pessoas, o sucesso desvenda imperfeições e fraquezas que o fracasso pode ter ocultado da observação. A noção de que as pessoas não têm nenhuma necessidade de limitar seu poder sobre elas próprias, pode parecer axiomática, quando um governo popular era apenas algo sonhado, ou tendo existido em algum lugar distante do passado.

Nem era aquela noção necessariamente tumultuada por aberrações temporárias tais como as da Revolução Francesa, a pior das quais foi o trabalho de alguns usurpadores, e que, em todo caso, pertenciam, não ao trabalho permanente de instituições populares, mas a uma súbita e convulsiva insurreição contra o despotismo monárquico e aristocrático.

Contudo uma república democrática veio a tempo de ocupar uma grande parte da superfície da Terra[1] e se fez sentir como um dos membros mais poderosos das comunidades das nações; e o governo eletivo e responsável tornou-se sujeito às observações e críticas que acompanham um grande fato existente. Percebeu-se agora que tais expressões como "autogoverno", e "o poder do povo sobre ele mesmo", não expressam o verdadeiro estado do caso.

O "povo" que exerce o poder não é sempre o mesmo povo sobre o qual o poder é exercido; e o "autogoverno" mencionado não é o governo de cada um por si, mas de cada um por todo o resto.

(1) Os Estados Unidos da América (NT).

O desejo do povo, além disso, praticamente significa o desejo da parte mais numerosa ou da mais ativa, a maioria, ou aqueles que conseguem ser aceitos como a maioria; o povo pode desejar oprimir uma parte de seu número; e as precauções são tão necessárias contra isso como contra qualquer outro abuso de poder.

Portanto, a limitação do poder do governo sobre os indivíduos não perde nada de sua importância quando os detentores do poder são normalmente responsáveis pela comunidade, ou seja, pela parte mais forte neste particular.

Esta visão das coisas, igualmente recomendada à inteligência de pensadores e à inclinação daquelas importantes classes na sociedade europeia para cujos reais e supostos interesses a democracia é contrária, não tem encontrado nenhuma dificuldade em se estabelecer; e em especulações políticas, "a tirania da maioria" inclui-se geralmente agora dentre os males contra os quais a sociedade precisa estar atenta.

Assim como outras tiranias, a tirania da maioria era a princípio, e ainda é, vulgarmente, dominada pelo terror, principalmente quando operada pelos atos de autoridades públicas.

Mas pessoas ponderadas perceberam que quando a sociedade é ela própria a tirana – sociedade coletivamente, sobre os indivíduos separados que a compõem – seus meios para tiranizar não estão restritos aos atos que ela pode realizar por meio de seus funcionários políticos.

A sociedade pode e realmente executa suas próprias determinações; e se emite determinações erradas em vez de certas, ou determinações sobre coisas nas quais absolutamente não deveria intervir, ela estaria praticando uma tirania social mais terrível do que muitos tipos de opressão política, uma vez que, embora não usualmente apoiada por penalidades extremas, ela deixará poucos meios de escape, penetrando muito mais profundamente nos pormenores da vida, e escravizando a própria alma.

A proteção, portanto, contra a tirania do magistrado não é suficiente; há também necessidade de proteção contra a tirania da opinião e do sentimento prevalecentes; contra a tendência da sociedade em impor, por outros meios que não as penalidades civis, suas próprias ideias e práticas como normas de conduta sobre aqueles que delas divergem, em travar o desenvolvimento, e, se possível em evitar a formação de qualquer individualidade que não esteja em harmonia com seus métodos, e em obrigar que todos os tipos de caráter ajustem-se a seu próprio modelo.

Há um limite para a interferência legítima de opinião coletiva com independência individual; e encontrar este limite, e mantê-lo contra invasão é tão indispensável para uma boa condição de questões humanas, quanto a proteção contra o despotismo político.

Mas embora esta proposição não seja provavelmente contestável em termos gerais, a questão prática, onde colocar limites – como realizar o ajuste adequado entre a independência individual e o controle social – é um assunto sobre o qual ainda resta quase tudo a ser feito.

Tudo o que torna a existência valiosa para qualquer pessoa, depende do reforço das restrições sobre as ações de outras pessoas. Algumas normas de conduta, portanto, devem ser impostas pela lei em primeiro lugar, e pela opinião sobre muitas coisas que não são assuntos adequados para serem operados pela lei.

O que essas normas deveriam ser é a principal questão relativa aos assuntos humanos; mas se excluirmos alguns dos casos mais óbvios haverá pelo menos um que menos progresso obteve para sua resolução. Não há duas épocas, e nem dois países que tenham decidido isto da mesma forma; e a decisão de uma época ou país representa uma surpresa para um outro.

Ainda assim o povo de uma dada época ou país não vê mais qualquer dificuldade nisso, do que se fosse um assunto sobre o qual a humanidade tivesse sempre concordado. As normas que prevalecem entre eles próprios são vistas por eles como autoevidentes e autojustificáveis.

Isso tudo, exceto a ilusão universal, é um exemplo da influência mágica dos costumes, que não são apenas, como diz o provérbio, um segundo caráter, mas são continuamente confundidos pela primeira.

O efeito dos costumes em evitar qualquer receio relativo às normas de conduta que a humanidade impõe um ao outro é o mais completo possível porque o fato é que não se considera geralmente necessário que razões devam ser dadas por uma pessoa a outras, ou por cada um a si mesmo.

As pessoas estão acostumadas a acreditar, e têm sido encorajadas nesta crença por aqueles que aspiram o caráter de filósofo, que seus sentimentos sobre assuntos dessa natureza são melhores do que razões, e dão razões desnecessariamente.

O princípio prático que guia as pessoas às suas opiniões sobre o regulamento da conduta humana, é o sentimento na mente de cada uma delas de que se deveria exigir que todos agissem como ela gostaria que agissem, e também aqueles com quem ela simpatiza.

Ninguém, realmente, admite para si mesmo que seu padrão de julgamento é sua própria preferência; mas uma opinião sobre um ponto de conduta, não amparada por razões, pode apenas ser considerada como preferência de uma pessoa, e se as razões, quando dadas, são um mero apelo a uma preferência similar sentida por outras pessoas, ainda será a preferência de muitas pessoas em vez de uma.

Para um homem comum, contudo, sua própria preferência, amparada desta forma, não é apenas uma razão perfeitamente satisfatória, mas a única que ele geralmente tem como base para quaisquer de suas noções de moralidade, gosto, ou propriedade, que não estão expressamente escritas em sua doutrina religiosa; e sua principal direção mesmo na interpretação dessa doutrina.

As opiniões dos homens, consequentemente, sobre o que é louvável ou censurável, são afetadas por todas as causas variadas que influenciam seus desejos no que diz respeito à conduta de outros, e que são tão numerosas quanto aquelas que determinam seus desejos sobre qualquer outro assunto.

Às vezes sua razão – outras vezes seus preconceitos ou superstições: frequentemente suas aflições pessoais, não raramente as suas antissociais, sua inveja ou ciúme, sua arrogância ou desdém: porém mais geralmente seus desejos ou temores por si mesmos – seu legítimo ou ilegítimo autointeresse.

Onde quer que haja uma classe predominante, uma grande parte da moralidade do país emana dos interesses de sua classe, e de seus sentimentos de superioridade de classe.

A moralidade entre espartanos e hilotas[2], entre agricultores e negros, entre príncipes e súditos, entre nobres e plebeus, entre homens e mulheres, tem sido para a maior parte a criação destes interesses e sentimentos de classe: e os sentimentos gerados dessa forma, reagem por sua vez sobre os sentimentos morais dos membros da classe predominante em suas relações entre si.

Por outro lado, onde uma classe, outrora predominante, tenha perdido sua supremacia, ou onde seu poder seja impopular, os sentimentos morais prevalecentes em geral ostentam a marca de um desagrado intolerante de superioridade.

Outro grande princípio determinante das normas de conduta, tanto em ação quanto em omissão, que é reforçado pela lei ou opinião, tem sido o servilismo da humanidade com relação às supostas preferências ou aversões de seus mestres temporais, ou de seus deuses. Este servilismo, embora essencialmente egoísta, não é hipocrisia; ele dá origem a sentimentos perfeitamente genuínos de ódio; ele fez com que os homens queimassem bruxos e hereges.

Dentre tantas influências mais egoístas, os interesses gerais e óbvios da sociedade têm tido, é claro, uma parcela, e uma grande parcela, na direção dos sentimentos morais: menor, contudo, no caso da razão, e em seu próprio interesse, do que como uma consequência das simpatias e aversões que deles brotaram: e simpatias e aversões que tiveram pouco ou nada a ver com os interesses da sociedade, a fez sentir bastante forte no estabelecimento da moralidade.

As preferências e desagrados da sociedade, ou de alguma parte poderosa dessa, são desta forma a coisa principal que tem praticamente determinado as normas impostas para cumprimento geral, sob as penalidades da lei ou da opinião.

E em geral, aqueles que têm estado à frente da sociedade em pensamento e sentimento, têm deixado essa condição de coisas in-

---

(2) Escravos do antigo Estado grego de Esparta (NT).

contestada em princípio, contudo podem ter entrado em conflito com tal condição no que diz respeito a alguns de seus detalhes.

Eles têm se ocupado mais em questionar sobre quais coisas a sociedade gosta ou não gosta, do que em questionar se suas preferências ou desagrados devem servir de lei para os indivíduos.

Eles preferiram empenhar-se mais em alterar os sentimentos da humanidade nos pontos particulares em que eles próprios eram heréticos, do que em produzir uma causa comum em defesa da liberdade, geralmente com heresia. O único caso em que o fundamento superior foi adotado como princípio e mantido consistentemente, por qualquer indivíduo aqui e ali, é o da crença religiosa: um caso instrutivo de muitos modos, e não menos em relação a um exemplo de falibilidade surpreendente daquilo que chamamos senso moral, pois o *odium theologicum*, em um beato sincero, é um dos casos mais inequívocos de sentimento moral.

Aqueles que primeiro romperam o jugo do que se denominava a Igreja Universal(3) eram em geral tão menos desejosos de permitir a diferença de opinião religiosa quanto esta própria igreja.

Mas quando o calor do conflito terminou, sem dar uma vitória completa a qualquer dos lados, e cada igreja ou seita estava reduzida a limitar suas esperanças em manter a posse do terreno que já ocupava, as minorias, vendo que não tinham nenhuma chance em se tornar maioria, tiveram necessidade de pleitear àqueles a quem não podiam converter, permissão para discordar.

É consequentemente neste campo de batalha, quase exclusivamente, que os direitos do indivíduo contra a sociedade têm sido defendidos em fundamentos amplos de princípio, e a reivindicação da sociedade para exercer autoridade sobre dissidentes, abertamente contestada.

Os grandes escritores a quem o mundo deve a quantidade de liberdade de religião que ele possui, têm, na maioria das vezes, defendido a liberdade de consciência como um direito irrevogável, e

---

(3) A Igreja Católica Romana.

negado absolutamente que um ser humano tenha que prestar contas a outros por sua crença religiosa.

Contudo, tão natural para a humanidade é a intolerância sobre o que quer que eles realmente se importem, que a liberdade religiosa praticamente quase não tem sido compreendida em lugar algum, exceto onde a indiferença religiosa, que não gosta de ter sua paz perturbada por brigas teológicas, tenha acrescentado seu peso à escala.

Nas mentes de quase todas as pessoas religiosas, mesmo nos países mais tolerantes, a tarefa da tolerância é admitida com tácitas reservas.

Uma pessoa pode ser indulgente com a discordância em assuntos sobre governo da igreja, mas não sobre dogma, uma outra pode ter tolerância com todos, e não chega a ser um papista ou unitário, outra pode tolerar quem acredita em religião reveladora; alguns poucos estendem sua caridade um pouco mais longe, mas estagnam na crença em um Deus e em estado futuro. Onde quer que o sentimento da maioria ainda seja genuíno e intenso, verifica-se ter enfraquecido um pouco de sua reivindicação por obediência.

Na Inglaterra, por causa das circunstâncias peculiares de nossa história política, embora o jugo de opinião seja talvez mais pesado, o da lei é mais leve do que na maioria dos outros países da Europa; há considerável zelo de interferência direta, pelo poder legislativo ou executivo na conduta privada; não tanto apenas por causa de simples respeito pela independência do indivíduo, quanto por causa do hábito ainda existente de se considerar o governo como representante de um interesse oposto ao do povo.

A maioria ainda não aprendeu a sentir o poder do governo como seu poder, ou as opiniões deste como suas opiniões.

Quando o fizerem, a liberdade individual provavelmente estará tão exposta à invasão do governo, quanto já está da opinião pública.

Contudo há uma grande quantidade de sentimento pronta para ser trazida à tona contra qualquer tentativa da lei em controlar indivíduos em coisas nas quais eles até agora não estavam acostumados a ser controlados por ela; e isto com muito pouco discernimento quanto ao fato de estar ou não dentro da esfera legítima de controle legal; de tal maneira que o sentimento, altamente salutar no todo, seja talvez em seu todo, tão frequentemente mal empregado quanto bem fundamentado nas instâncias particulares de suas aplicações.

Não há, de fato, nenhum princípio reconhecido pelo qual a propriedade ou a impropriedade da interferência do governo seja testada de forma costumeira.

As pessoas decidem de acordo com suas preferências pessoais.

Algumas, sempre que veem algum bem a ser feito, ou mal a ser remediado, instigam prontamente o governo a assumir tal processo; enquanto outras preferem suportar quase todo o mal social do que acrescentar mais um aos departamentos de interesses humanos sob a responsabilidade do controle governamental.

E os homens alinham-se de um lado ou de outro em qualquer dos casos em particular, de acordo com esta direção geral de seus sentimentos ou de acordo com o grau de interesse que eles sentem pelo assunto em particular, o qual pressupõe-se que o governo deveria solucionar, ou de acordo com a crença que eles nutrem de que o governo faria, ou não faria, da maneira que eles preferem, mas muito raramente no interesse de qualquer opinião à qual eles possam aderir de forma consistente, em relação a que coisas são adequadas para serem realizadas pelo governo.

E parece-me que devido a esta ausência de norma ou princípio, um lado está no momento tão errado quanto o outro; a interferência do governo é, com quase igual frequência, inadequadamente requisitada e inadequadamente condenada.

O propósito deste ensaio é defender um princípio muito simples, como ter o direito a administrar absolutamente os assuntos da sociedade com o indivíduo na forma de obrigação e controle, quer os meios utilizados sejam força física na forma de penalidades legais, ou coerção moral da opinião pública.

Esse princípio é que a humanidade tem permissão, coletiva ou individualmente, de interferir com a liberdade de ação de qualquer um de seus membros com finalidade única de autoproteção.

Que o único propósito para o qual o poder possa ser legalmente exercido sobre qualquer membro de uma comunidade civilizada, contra sua vontade, seja evitar danos a outros.

Seu próprio benefício seja físico ou moral, não é uma garantia suficiente. Ele não pode legalmente ser compelido a fazer ou reprimir-se porque será melhor que assim o faça, porque isto o fará mais feliz, porque, na opinião dos outros, fazer tal coisa seria sábio, ou mesmo correto.

Estas são boas razões para argumentar com ele, ou persuadi-lo, ou insistir com ele, mas não para obrigá-lo, ou fazer-lhe algum mal caso ele proceda de outra forma. Para justificar a conduta da qual se deseja detê-lo, deve-se prever que mal será causado a outra pessoa.

A única parte da conduta de qualquer pessoa, pela qual ela está submissa à sociedade é aquela que concerne aos outros. Na parte que meramente concerne a si próprio, sua independência é, de direito, absoluta. Sobre si mesmo, sobre seu próprio corpo e mente, o indivíduo é soberano.

Talvez não seja necessário dizer que essa doutrina tenciona aplicar-se apenas aos seres humanos na maturidade de suas faculdades. Não estamos falando de crianças, ou de jovens abaixo da idade que a lei pode estabelecer como maioridade masculina e feminina.

Aqueles que ainda se encontram em um estado que necessitem dos cuidados de outros, devem ser protegidos contra suas próprias ações assim como contra dano externo. Pela mesma razão, podemos omitir da consideração aqueles estados atrasados da sociedade nos quais a própria raça pode ser considerada como em sua menoridade.

As dificuldades recentes no modo de progresso espontâneo são tão grandes, que raramente há qualquer escolha de meios para superá-las, e um governante imbuído do espírito de aperfeiçoamento está autorizado a utilizar quaisquer providências que possam alcançar um objetivo, talvez não alcançável de outra forma.

O despotismo é uma forma legítima de governo ao lidar com bárbaros, contanto que a finalidade seja seu aperfeiçoamento, e os meios são justificáveis, pois realmente são eficazes para tal fim.

A liberdade, como princípio, não se aplica a qualquer estado de coisas anterior à época em que a humanidade esteve apta a ser melhorada por meio da discussão livre e igualitária.

Até então não lhe restava nada além de obediência implícita a um Akbar ou um Carlos Magno[(4)], se tivessem sorte o suficiente para encontrar um.

Mas assim que a humanidade atinge a capacidade de ser conduzida a seu próprio aperfeiçoamento por convicção, persuasão (um longo período desde que alcançada em todas as nações pelas quais precisamos nos interessar), ou compulsão, a forma direta ou a forma de sofrimento e castigo por não obediência não são admissíveis como meio para atingir seu próprio benefício, e são justificáveis apenas para a segurança de outros.

É adequado afirmar que renuncio a qualquer benefício que possa advir de meu argumento a partir da ideia de direito abstrato, como uma coisa independente de utilidade. Considero a utilidade como derradeiro apelo sobre as questões éticas; mas deve ser a utilidade no mais amplo sentido, fundamentada nos interesses permanentes do homem como um ser progressivo.

Tais interesses, afirmo, autorizam a sujeição da espontaneidade do indivíduo ao controle externo, apenas com relação às ações de cada um, as quais dizem respeito aos interesses de outras pessoas.

Se qualquer pessoa comete um ato prejudicial a outros, haverá, à primeira vista, razão para puni-la, pela lei, ou pela desaprovação geral, onde as penalidades legais não são aplicáveis de forma segura.

Há também muitos atos positivos para o benefício de outros, os quais uma pessoa pode ser compelida a realizar, tais como provar em tribunal de justiça, desempenhar seu papel justo na defesa comum, ou em qualquer outro trabalho conjunto necessário ao interesse da sociedade da qual ela desfruta de proteção e determinados atos de benefício individual, tais como salvar a vida de um outro ser, ou interpor-se para proteger os indefesos contra maus-tratos, e coisas que

---

(4) Akbar (1542 – 1605) era um imperador mogol na Índia e Carlos Magno (747 –814), o primeiro imperador do Sacro Império Romano-germânico. Mill os utiliza como exemplos antigos de despotismo iluminado (NT).

sempre que forem obviamente uma tarefa a ser realizada pelo homem, ele poderá ser legalmente responsabilizado perante a sociedade por não realizá-las.

Uma pessoa pode causar mal a outros não apenas por suas ações, mas por sua inércia, e em qualquer caso ela será justamente responsável por danos aos outros.

É verdade que este último caso requer uma prática muito mais cautelosa de obrigação do que o primeiro. Fazer com que qualquer pessoa responda por cometer mal a outros é a regra; torná-la responsável por não evitar o mal é, comparativamente falando, a exceção.

Ainda assim há muitos casos claros e graves o suficiente para justificar tal exceção. Em todas as coisas que dizem respeito às relações externas do indivíduo, ele é de direito responsável por aqueles cujos interesses são concernentes, se assim for necessário, à sociedade como seu protetor.

Há boas razões para não prendê-lo à responsabilidade; mas estas razões devem surgir das oportunidades especiais do caso: ou porque é um tipo de caso no qual ele se encontra apto a agir melhor em conjunto, quando deixado a seu próprio critério, do que quando controlado pela sociedade por meio de algum modo do qual ela detenha o poder de controlá-lo ou porque a tentativa de exercer controle produziria outros males, maiores do que aqueles que deveria evitar.

Quando razões como estas impedem o reforço da responsabilidade, a consciência do próprio causador deve entrar no tribunal vazio, e proteger aqueles interesses de outros que não possuem nenhuma proteção externa; julgando a si próprio o mais rigidamente possível porque o caso não admite que ele seja responsável pelo julgamento de seus semelhantes.

Mas há uma esfera de ação na qual a sociedade, enquanto separada do indivíduo, possui, se houver, apenas um interesse indireto: aquele que abrange toda aquela parte da vida e conduta de uma pessoa que afeta apenas a si própria; e se também afeta a outros, o faz apenas com seu consentimento e participação livre, voluntária e não ludibriada.

Quando digo apenas a si própria, quero dizer diretamente e em primeira instância; pois qualquer coisa que afete a si mesma, poderá afetar os outros; e a objeção que pode estar fundamentada nesta contingência será considerada em seguida.

Esta, então, é a área apropriada da liberdade humana.

Ela compreende, primeiro, o domínio interno da consciência; liberdade de pensamento e sentimento; absoluta liberdade de opinião e sentimento sobre todos os assuntos, práticos ou especulativos, científicos, morais ou teológicos.

A liberdade de expressar e publicar opiniões pode parecer que se enquadra em um princípio diferente, uma vez pertencente àquela parte da conduta de um indivíduo que interessa a outras pessoas, mas, sendo quase tão importante quanto é a liberdade de pensamento em si, e baseando-se em grande parte nas mesmas razões, é inseparável dele.

Em segundo lugar, o princípio requer liberdade de gostos e objetivos: construir os planos de nossa vida para que se adaptem ao nosso caráter, fazer como gostamos, sujeitos às consequências que possam surgir, sem impedimento de nossos semelhantes, contanto que o que fizermos não os prejudiquem mesmo que eles achem que nossa conduta é tola, perversa e errada.

Em terceiro lugar, a partir desta liberdade de cada indivíduo, segue-se a liberdade, dentro dos mesmos limites, de associação dentre indivíduos; liberdade para unir-se, por qualquer propósito que não envolva danos a outros: supõe-se que tais pessoas sejam maiores de idade e não sejam forçadas ou enganadas.

Nenhuma sociedade na qual essas liberdades não sejam, no todo, respeitadas, é livre, qualquer que seja sua forma de governo; e nenhuma será completamente livre se não houver liberdade absoluta e irrestrita.

A única liberdade que merece tal denominação é aquela em buscamos nosso próprio bem da nossa própria maneira, contanto que não tentemos privar os outros do seu, ou impedir seus esforços em consegui-lo.

Cada um é o guardião adequado de sua própria saúde, quer do corpo, da mente e do espírito.

A humanidade será maior beneficiária permitindo que cada um viva da maneira que lhe parecer adequada, do que obrigando cada um a viver do modo que parece bom para o resto.

Embora esta doutrina não seja nenhuma novidade e, para algumas pessoas possa ter o caráter de uma verdade banal, não há nenhuma outra doutrina que se encontre mais diretamente contrária à tendência geral de opinião e prática existentes.

A sociedade tem empregado plenamente muito esforço na tentativa (segundo sua própria consciência) de obrigar as pessoas a adaptar-se às suas noções de caráter pessoal, com relação ao mérito social.

As antigas nações imaginavam-se autorizadas a praticar, e os filósofos antigos aprovavam a regulação de todas as partes da conduta privada pela autoridade pública, baseada no fato de que o Estado possuía um profundo interesse por toda a disciplina física e mental de cada um de seus cidadãos. Um modo de pensar que pode ter sido admissível em pequenas repúblicas cercadas por inimigos poderosos, em constante perigo de serem surpreendidas por ataque estrangeiro ou revolução interna, e para as quais até mesmo uma pequena trégua de força e autocomando abrandados poderia tão facilmente ser fatal, que elas não podiam dar-se ao luxo de esperar pelos efeitos salutares permanentes da liberdade.

No mundo moderno, a dimensão maior das comunidades políticas, e, acima de tudo, a separação entre a autoridade temporal e a espiritual (que colocou a direção das consciências dos homens em outras mãos diferentes daquelas que controlavam seus assuntos mundanos), evitou bastante uma interferência da lei nos detalhes da vida privada; mas as máquinas da repressão moral têm sido controladas mais ativamente contra a divergência oriunda da opinião reinante em autoestima, do que mesmo em assuntos sociais; religião, o mais poderoso dos elementos que entrou na formação do sentimento moral, tendo quase sempre sido governada ou pela ambição de uma hierarquia, procurando o controle sobre todos os departamentos da conduta humana, ou do espírito do puritanismo.

E alguns dos modernos reformadores que têm se colocado na

mais forte oposição às religiões do passado não têm estado de forma alguma atrás ou de igrejas ou de seitas em sua declaração do direito de dominação espiritual; Comte[5] em particular, cujo sistema social, da forma como explicado em seu *Système de Politique Positive* (Sistema de Política Positiva), almeja estabelecer (embora por meio da moral mais do que pela de aplicação legal) um despotismo da sociedade sobre o indivíduo, superando qualquer coisa pensada no ideal político do mais rígido disciplinador dentre os filósofos antigos.

À parte dos dogmas peculiares de pensadores individuais, há também no mundo como um todo uma crescente inclinação a exagerar indevidamente os poderes da sociedade sobre o indivíduo, tanto pela força de opinião quanto até mesmo pela força da legislação; e como a tendência de todas as mudanças acontecendo no mundo é de reforçar a sociedade e diminuir o poder do indivíduo, esta invasão não é um dos males que tendem a desaparecer espontaneamente, mas, ao contrário, crescer cada vez mais terrível. A disposição da humanidade seja como governantes ou cidadãos, de impor suas próprias opiniões e inclinações como uma norma de conduta sobre outros, é tão energicamente apoiada por alguns dos melhores e por alguns dos piores sentimentos inerentes à natureza humana, que quase nunca tal disposição é mantida sob controle por qualquer coisa que não seja desejo de poder; e como o poder não está diminuindo, mas crescendo, a menos que uma forte barreira de convicção moral possa surgir contra a desordem, devemos esperar, nas atuais circunstâncias do mundo, vê-lo aumentar.

Será conveniente para o argumento, se, em vez de imediatamente entramos na tese geral, nos limitarmos em primeira instância a uma simples ramificação desta, na qual o princípio aqui afirmado é, senão completamente, mas até um certo ponto, reconhecido pelas opiniões atuais. Esta é uma ramificação da Liberdade de Pensamento da qual é impossível separar o cognato liberdade de falar e de escrever. Embora estas liberdades, dentro de uma considerável significação, façam parte da moralidade política de todos os países que professam tolerâncias

(5) Auguste Comte (1798-1857), filósofo francês, fundador do positivismo (NT).

religiosas e instituições livres, os fundamentos, tanto filosóficos quanto práticos, nos quais repousam tais liberdades, talvez não sejam tão familiares à mente geral, nem tão completamente percebidos por muitos até mesmo dos líderes de opinião, como seria de esperar. Tais fundamentos, quando corretamente compreendidos, são de uso muito mais amplo para apenas uma parte do assunto, e uma consideração completa desta parte da questão será constatada como a melhor introdução para o resto.

Aqueles a quem nada que eu esteja para dizer seja uma novidade, poderão, portanto, eu espero, me perdoar, se sobre um assunto que tem sido tão discutido há três séculos, eu me aventurar em mais uma discussão.

II – Da Liberdade de Pensamento e Discussão

Já se foi o tempo, espera-se, em que qualquer defesa da "liberdade de imprensa" seria necessária como segurança contra governos corruptos ou tirânicos.

Podemos imaginar que nenhum argumento agora seja imprescindível contra permitir que uma legislatura ou poder executivo, não identificado com os interesse do povo, prescreva opiniões, e determine quais doutrinas ou argumentos devam ser ouvidos.

Além disso, este aspecto da questão tem sido tão frequente e triunfantemente reforçado por escritores precedentes, que não há necessidade de se insistir especialmente neste ponto.

Embora a legislação da Inglaterra, no que diz espeito à imprensa, seja tão servil nos dias de hoje quanto era no tempo dos Tudors, há pouco risco de que ela seja realmente colocada em vigor contra discussão política, exceto no caso de algum pânico temporário, quando o medo de insurreições tira ministros e juízes do sério(6); falando de

(6) Estas palavras tinham apenas sido escritas, quando, como se para dar a elas uma contradição enfática, ocorreram as perseguições da imprensa do governo De 1858. Aquela interferência precipitada com a liberdade da discussão pública contudo não me induziu a alterar uma única palavra no texto, nem de forma alguma enfraqueceu minha convicção de que, momentos de pânico excluídos, a era de sofrimentos e penalidades para discussão política em nosso próprio país, teria acabado. Pois, em primeiro lugar, as perseguições não continuaram e em segundo lugar, nunca foram, propriamente falando, perseguições políticas.

maneira geral, em países constitucionais, não há necessidade de recear que o governo, completamente responsável pelo povo, ou não, tente controlar a expressão de opinião, e se assim o fizer ele se tornará o instrumento da intolerância geral do povo.

Vamos supor, portanto, que o governo esteja inteiramente de acordo com o povo, e nunca pense em exercer qualquer poder de coerção, a menos que aquilo que ele imagina ser a voz do povo esteja em desacordo.

Mas eu nego o direito do povo de exercer tal coerção, seja por ele próprio ou por seu governo.

O poder em si é ilegítimo.

O melhor governo não possui qualquer direito a ele do que teria o pior. É nocivo, ou mais nocivo, quando exercido de acordo com a opinião pública, do que quando em oposição a ela.

Se toda a humanidade menos um, fosse de uma determinada opinião, e apenas uma pessoa fosse de opinião contrária, a humanidade não teria mais justificativas para silenciar aquela pessoa do que ela, se tivesse o poder de silenciar a humanidade.

Se uma opinião fosse uma posse pessoal de nenhum valor, exceto para seu dono; se impedir seu desfrute fosse simplesmente um dano privado, faria alguma diferença quer o dano fosse infligindo a apenas algumas pessoas ou a muitas.

Mas o mal peculiar de silenciar a expressão de uma opinião é

A ofensa acusada não foi a de criticar as instituições, ou os atos ou pessoas de governantes, mas de circular aquilo que era julgado ser uma doutrina imoral, a legalidade da tirania. Se os argumentos do presente capítulo são de alguma validade, deve haver a mais completa liberdade de professar e discutir, a respeito de convicção ética, qualquer doutrina, por mais imoral que possa ser considerada. Seria, portanto irrelevante e despropositado examinar aqui, se a doutrina da tiranicidade merece tal título. Devo me contentar em dizer que o assunto tem sido sempre uma das questões abertas de costumes; que o ato de um cidadão privado em abater um criminoso, que, por se elevar acima da lei, colocou-se além do alcance da punição ou controle legal, foi considerado por todas as nações, por alguns dos melhores e mais sábios dos homens, não um crime, mas um ato de virtude exaltada, e que certo ou errado não é de natureza de assassinato, mas de guerra civil. Como assunto de punição, mas apenas se um ato evidente tenha se seguido, e pelo menos uma conexão provável possa ser estabelecida entre o ato e a instigação. Mesmo então, não é um governo estrangeiro, mas o verdadeiro governo atacado, que sozinho, no exercício de altodefesa pode legitimamente punir ataques dirigidos contra a sua própria existência.

que está pilhando a raça humana; a posteridade assim como a geração existente; aqueles que discordam da opinião, ainda mais do que aqueles que a detêm. Se a opinião está correta, eles são privados da oportunidade de trocar o erro pela verdade; se errada, eles perdem, o que é um benefício quase tão grande quanto a percepção mais clara e a mais vívida expressão da verdade produzida por seu choque com o erro.

É necessário considerar separadamente estas suas hipóteses; cada uma delas possui uma ramificação diferente do argumento correspondente a ela. Não podemos nunca ter certeza de que a opinião da qual nos esforçamos para reprimir é falsa; e se tivéssemos certeza, reprimi-la seria ainda um mal.

Primeiro: a opinião que se tenta suprimir pela autoridade pode ser verdadeira.

Aqueles que desejam suprimi-la obviamente negam sua verdade, mas eles não são infalíveis.

Eles não têm qualquer autoridade para decidir a questão por toda a humanidade e excluir qualquer outra pessoa dos meios de julgamento. Recusar-se a ouvir uma opinião por ter certeza de que ela é falsa, é assumir que a *sua* certeza é *absoluta*. Todo silenciar de discussão é uma pretensão de infalibilidade.

Sua condenação pode estar baseada neste argumento comum, não o pior para o bem comum.

Infelizmente para o bom senso da humanidade, o fato de sua falibilidade estar longe de carregar o peso em seu julgamento prático, o que sempre lhe é permitido em teoria, enquanto todos bem se reconhecem falíveis, poucos acham que seja necessário tomar algumas precauções contra sua própria falibilidade, ou admitir a suposição de que qualquer opinião, da qual eles tenham muita certeza, possa ser um dos exemplos do erro ao qual eles admitem estar sujeitos.

Príncipes absolutos, ou aqueles que estão acostumados a deferências ilimitadas, usualmente sentem essa completa confiança em suas próprias opiniões sobre quase todos os assuntos.

Pessoas em situação mais feliz, que às vezes ouvem suas opiniões serem contestadas, e não estão inteiramente desabituadas a ser corrigidas quando estão erradas, colocam a mesma confiança irrestrita apenas nas suas opiniões que são compartilhadas por todos os que as cercam, ou a quem elas habitualmente se submetem: proporcionalmente ao desejo da confiança de um homem em seu próprio julgamento solitário, ele usualmente deposita confiança implícita na infalibilidade do "mundo" em geral.

E o mundo, para cada indivíduo, significa a parte com a qual ele entra em contato; seu partido, sua seita, sua igreja, sua classe de sociedade: o homem quase pode ser chamado, por comparação, de liberal e tolerante a quem nada significa tão abrangente quanto ao próprio país e sua época.

Nem sua fé nesta autoridade coletiva é absolutamente abalada por ele saber que outras épocas, países, seitas, igrejas, classes e partidos pensaram, e mesmo agora pensam, exatamente o contrário.

Ele transfere para seu próprio mundo a responsabilidade de estar no direito contra os mundos dissidentes de outras pessoas; e nunca o incomoda que mero acidente tenha decidido qual desses numerosos mundos é o objeto de sua confiança, e que as mesmas causas que o tornam um padre em Londres, teriam feito dele um budista ou um confucionista em Pequim.

Contudo é tão evidente em si, como qualquer quantidade de argumento pode conseguir, que as épocas não são mais infalíveis do que os indivíduos. Cada época defendeu muitas opiniões que épocas subsequentes julgaram não apenas falsas, mas absurdas; e é tão certo que muitas opiniões, agora gerais, serão rejeitadas por épocas futuras, e que tantas, também gerais, serão rejeitadas no presente.

A objeção apropriada a ser feita a este argumento provavelmente tomaria alguma forma tal como a que se segue: não há nenhuma pretensão maior de infalibilidade em proibir a propagação de erro, do que em qualquer outra coisa que é realizada pela autoridade pública sobre seu próprio julgamento e responsabilidade.

O julgamento é determinado aos homens, e eles podem usá-lo. Porque ele pode ser usado de forma errônea, são os homens avisados de que não devem usá-lo absolutamente?

Proibir o que eles acham pernicioso, não é reivindicar isenção de erro, mas cumprir com a tarefa a eles incumbida, embora falível, de acordo com sua convicção consciente.

Se nunca influenciássemos nossas opiniões, por achar que tais opiniões pudessem estar erradas, deveríamos então deixar todos os nossos interesses de lado, e todas as nossas tarefas sem realizar.

Uma objeção que se aplica a toda conduta pode não ser uma objeção válida para qualquer conduta em particular.

É tarefa de governos, e de indivíduos, formar as opiniões mais verdadeiras que puderem; formá-las cuidadosamente e nunca impô-las sobre outros a menos que tenham muita certeza de estarem certos.

Mas quando se tem certeza (tais pensadores podem dizer), não é consciência, mas covardia recuar diante da influência sobre suas opiniões, e permitir que doutrinas que eles honestamente acham perigosas para o bem-estar da humanidade, ou nessa vida ou em outra, sejam difundidas amplamente sem restrição porque outras pessoas, em épocas menos esclarecidas, haviam perseguido opiniões que agora são consideradas verdadeiras.

Vamos cuidar, pode-se dizer, para não cometermos o mesmo erro: mas governos e nações têm cometido erros em outras coisas, que não se negam ser assuntos adequados para o exercício da autoridade: eles têm aplicado impostos ruins, feito guerras injustas.

Deveríamos, portanto, recusar-nos de aplicar qualquer imposto e, sob qualquer provocação, recusar-nos a declarar guerras?

Homens e governo devem agir conforme sua melhor habilidade. Não existe tal coisa como a certeza absoluta, mas há certeza suficiente para os propósitos da vida humana.

Podemos, e devemos, assumir nossas opiniões como verdadeiras para a direção de nossa própria conduta; e é dessa forma que proibimos homens maus de perverter a sociedade por meio da propagação de opiniões que consideramos falsas e perniciosas.

Respondo, no entanto, que se trata de assumir muito mais.

Aí reside a maior diferença entre presumir que uma opinião é verdadeira, porque, com todas as oportunidades para contestá-la, ela não foi refutada, e assumir sua verdade com o objetivo de não permitir sua refutação

A completa liberdade de contradizer e desaprovar nossa opinião é a condição perfeita que nos justifica em assumir sua verdade com objetivos de ação; e de forma alguma pode um ser com faculdades humanas ter qualquer certeza racional de estar certo.

Quando consideramos o histórico da opinião, ou da conduta comum da vida humana, a que devemos atribuir que uma e outra não sejam piores do que são?

Certamente não à força inerente da compreensão humana, pois para noventa e nove pessoas totalmente incapazes de julgamento sobre qualquer assunto que não dispense explicação, há uma que está apta para tal; e a capacidade da centésima pessoa é apenas comparativa, pois a maioria dos homens eminentes da geração passada detinha muitas opiniões que agora sabemos são errôneas, e fizeram e aprovaram várias coisas que ninguém agora justificará.

Por que, então, há um predomínio de opiniões racionais e uma conduta racional na totalidade da humanidade? Se este predomínio realmente existe – o qual deve existir a não ser que os assuntos humanos estejam, e sempre têm estado, em uma condição quase irrecuperável – ele se deve a uma qualidade da mente humana, a fonte de todas as coisas respeitáveis no homem ou como um ser intelectual ou moral, ou seja, que seus erros sejam possíveis de ser corrigidos.

Ele é capaz de retificar seus erros por meio da discussão e da experiência. Não apenas pela experiência.

Deve haver discussão para mostrar como a experiência pode ser interpretada. Opiniões e práticas erradas gradualmente cedem ao fato e ao argumento, mas fatos e argumentos, para que produzam algum efeito na mente, devem ser apresentados antes da discussão.

Muito poucos fatos são capazes de contar sua própria história, sem comentários que mostrem seu significado.

Então toda força e valor do julgamento humano, dependendo da única característica de que ele pode ser corrigido quando estiver errado, merecerá confiança apenas quando os meios para corrigi-lo forem constantemente mantidos por perto.

No caso de qualquer pessoa cujo julgamento seja realmente merecedor de confiança, como se deu tal coisa?

Porque manteve sua mente aberta à censura em relação a suas opiniões e conduta.

Porque foi a sua prática de escutar tudo que pudesse ser dito o contrário, tirar o máximo proveito disso quando fosse justo, e esclarecer para si mesmo, e oportunamente a outros, o que estava errado.

Porque sentiu que a única forma para a qual um ser humano pode tentar alguma aproximação para conhecer a inteireza de um assunto é ouvir o que pode ser dito sobre ele por pessoas de variadas opiniões e estudar todos os modos nos quais tal assunto pode ser examinado por qualquer natureza de mente. Nenhum homem sábio jamais adquiriu sua sabedoria de outra forma que não esta; nem faz parte da natureza do intelecto humano tornar-se sábio de outra maneira.

O hábito constante de corrigir e concluir sua própria opinião confrontando-a com a de outros, tão longe de causar dúvida e hesitação ao colocá-la em prática, é o único fundamento estável para a confiança depositada nela, pois sendo conhecida de todos os que podem, pelo menos de maneira óbvia, dizer-se contra ela, e tendo assumido sua posição contra todos os contraditores – sabendo que buscou objeção e dificuldades em vez de evitá-las, e não excluiu nenhum esclarecimento que pudesse ser lançado ao assunto de qualquer parte – ele terá o direito de achar seu julgamento melhor do que o de qualquer pessoa, ou qualquer multidão, que não tenha passado por um processo similar.

Não será demais requerer que os mais sábios da humanidade,

aqueles que melhor estão autorizados a confiar em seu próprio julgamento, achem necessário assegurar sua confiança, que o julgamento feito por aquele conjunto misto de alguns poucos sábios e muitos indivíduos tolos, chamado de povo deva-lhes ser submetido.

A mais intolerante das igrejas, a Igreja Católica Romana, mesmo na canonização de um santo, admite, e escuta pacientemente um "advogado do diabo". Parece que o mais sagrado dos homens não pode receber honras póstumas, até que tudo o que o diabo puder dizer contra ele seja conhecido e provado.

Se mesmo a filosofia newtoniana não pudesse ter sido questionada, a humanidade não poderia ter tão completa certeza de sua verdade quanto tem agora.

Não existe defesa para amparar as crenças sobre as quais temos mais certeza, mas um convite permanente ao mundo inteiro para provar que são infundadas. Se o desafio não for aceito, ou for aceito e a tentativa falhar, ainda estaremos longe o bastante da certeza, mas fizemos o melhor que o estado atual da razão humana pode admitir; não negligenciamos nada que pudesse dar chance à verdade de nos alcançar. Se os ouvidos forem mantidos abertos podemos esperar que, caso haja uma verdade melhor, ela será encontrada quando a mente humana estiver apta a recebê-la; e nesse ínterim podemos confiar em ter atingido tal aproximação da verdade, da forma que é possível em nossos próprios dias.

Esta é a quantidade de certeza capaz de ser obtida por um ser falível, e este é o único modo de obtê-la.

Estranho é que os homens devam admitir a validade dos argumentos para livre discussão, mas que se oponham a que eles sejam "rechaçados ao extremo", não considerando que, a menos que as razões sejam boas para um caso extremo, elas não serão boas para caso algum.

Estranho que eles devam imaginar que não estão assumindo infalibilidade, quando reconhecem que deveria haver livre discussão sobre todos os assuntos que sejam possivelmente duvidosos, mas achem que algum princípio ou doutrina em particular deva ser proibida de ser questionada porque é tão *certa*, ou seja, porque *eles têm certeza* de que ela é certa. Chamar qualquer proposição de certa, enquanto haja qualquer pessoa que negue sua certeza, se assim lhe for permitido, mas que não tenha tal permissão, é assumir que nós mesmos, e aqueles que concordam conosco, somos os juízes da certeza, e juízes, sem ouvir o outro lado.

Na época atual – que tem sido descrita como "destituída de fé, mas aterrorizada diante do ceticismo" – em que as pessoas têm certeza, não tanto de que suas opiniões sejam verdadeiras, quanto não devem saber o que fazer sem elas – os apelos para que uma opinião seja protegida do ataque público repousam não tanto na sua verdade quanto em sua importância para a sociedade. Há, supõe-se, crenças tão úteis, para não dizer indispensáveis ao bem-estar, que é tanto dever do governo defender tais crenças, quanto é proteger qualquer outra relacionada aos interesses da sociedade.

Em um caso de tal necessidade, e de ser tão diretamente mantida no curso de seu dever, algo menor que a infalibilidade poderá assegurar, e até mesmo obrigar governos a agir conforme sua própria opinião, confirmados pela opinião geral da humanidade.

Frequentemente também se discute, e ainda mais se imagina que ninguém, exceto os homens ruins, desejaria enfraquecer essas crenças salutares; e não pode haver nada de errado, supõe-se, em conter homens ruins, e proibir o que apenas tais homens desejariam praticar.

Este modo de pensar torna a justificativa de restrições sobre discussão não uma questão da verdade das doutrinas, mas da utilidade delas e se favorece desse meio para escapar da responsabilidade de se declarar juiz infalível de opiniões.

Mas aqueles que desta forma se satisfazem, não percebem que a aceitação de infalibilidade é meramente mudada de um ponto para um outro.

A utilidade de uma opinião é em si um assunto de opinião: tão questionável quanto aberta à discussão, e exigindo discussão tanto quanto a própria opinião.

Há a mesma necessidade de um juiz infalível de opiniões para decidir se uma opinião é nociva, quanto para decidir se ela é falsa, a menos que a opinião condenada tenha total oportunidade de se defender.

E não basta dizer que o herético tem permissão de sustentar a utilidade ou inocência de sua opinião, embora proibido de sustentar a verdade dela. A verdade de uma opinião é parte de sua utilidade.

Se soubéssemos se é desejável ou não que devamos acreditar em uma proposição, seria possível excluir a consideração de ela ser verdadeira?

Na opinião, não dos homens ruins, mas dos homens melhores, nenhuma crença que seja contrária à verdade pode realmente ser útil: e pode-se evitar que tais homens estimulem tal argumento, quando estão carregados de culpabilidade por negar alguma doutrina que lhe dizem ser útil, mas que eles acreditam ser falsa?

Aqueles que estão do lado das opiniões admitidas nunca erram em tirar todo proveito possível deste argumento; você não os encontra lidando com a questão da utilidade como se pudesse ser completamente abstraída daquela da verdade; ao contrário, é acima de tudo porque sua doutrina é a "verdade", que o conhecimento ou a crença nela é considerado tão indispensável.

Não pode haver nenhuma discussão justa da questão da utilidade, quando um argumento tão vital pode ser empregado em um lado, e não no outro. E, de fato, quando a lei ou o sentimento público não permite que a verdade de uma opinião seja contestada, eles são apenas igualmente pouco indulgentes com a negação de sua utilidade.

O máximo que eles admitem é uma extenuação de sua absoluta necessidade, ou da culpa inegável de rejeitá-la.

A fim de ilustrar mais completamente o prejuízo de se negar ouvir opiniões, porque nós, em nosso próprio julgamento, as condenamos, será desejável estabelecer a discussão em um caso concreto; e eu escolho, por preferência, os casos que me são menos favoráveis – nos quais o argumento contra a liberdade de opinião, tanto por causa da verdade quanto por causa da utilidade, é considerado o mais forte.

Deixe que as opiniões impugnadas sejam a crença em Deus ou em um estado futuro, ou quaisquer das doutrinas de moralidade comumente admitidas.

Travar a batalha em tal terreno dará uma grande vantagem a um opositor injusto, uma vez que ele tenha certeza de dizer (e muitos que não têm nenhum desejo de ser injustos dirão internamente): são estas as doutrinas que você não julga suficientemente certas para estarem sob a proteção da lei?

É a crença em Deus uma das opiniões com a qual se sente seguro em aceitar infalibilidade?

Mas permita-me observar que não é o sentimento seguro de uma doutrina (seja ela qual for) o qual eu chamo de uma aceitação de infalibilidade.

É o compromisso de decidir tal questão *pelos outros*, sem permitir que eles ouçam o que pode ser dito no lado contrário.

E, todavia, denuncio e reprovo essa pretensão se colocada ao lado de minhas convicções mais solenes.

Por mais que a opinião de alguém possa ser concreta, não apenas no tocante à falsidade, mas quanto às consequências perniciosas, e também (para adotar expressões de que discordo inteiramente) à imoralidade e não somente em relação às consequências perniciosas, mas também à impiedade de uma opinião, mesmo que, em consequência de tal julgamento particular, embora apoiado pelo julgamento público de seu país ou seus de contemporâneos, ele evita que a opinião seja ouvida em sua própria defesa e assume assim a infalibilidade. Longe do fato de tal aceitação ser menos refutável ou menos perigosa porque a opinião é chamada de imoral ou ímpia, este é o caso de todas as outras em que isto é mais fatal. Estas são exatamente as ocasiões nas quais os homens de uma geração cometem erros terríveis, os quais causam o espanto e horror da posteridade.

É dentre estes que encontramos os exemplos memoráveis da

história, quando o braço da lei foi empregado para desarraigar os melhores homens e as mais nobres doutrinas; com lamentável sucesso por parte do homem, embora algumas das doutrinas tenham escapado (como se em esforço vão) de ser chamadas, na defesa de conduta similar daqueles que delas discordam, ou de sua interpretação reconhecida. Custa à humanidade lembrar que certa vez houve um homem chamado Sócrates que teve um choque memorável com as autoridades legais e a opinião pública.

Nascido em uma época e país abundantes em grandeza individual, este homem nos foi legado por aqueles que melhor o conheciam e, também, à sua época, como o homem mais virtuoso; *nós* o conhecemos como o líder e protótipo de todos os professores de virtude que se seguiram, a fonte igualmente da sublime inspiração de Platão e o criterioso utilitarismo de Aristóteles, "*i maestri di color che sanno*"(7); as duas fontes da ética assim como de todas as outras filosofias.

Esse mestre reconhecido de todos os pensadores eminentes que viveram desde então – cuja fama, ainda crescente após mais de dois mil anos, quase supera todo o resto dos nomes que torna sua cidade natal tão ilustre – foi executado por seus cidadãos após uma condenação judicial, por impiedade e imoralidade.

Impiedade em negar os deuses reconhecidos pelo Estado; certamente seu acusador afirmou (vide a *Apologia*) que ele não acreditava em nenhum deus absolutamente. Imoralidade em ser, por meio de suas doutrinas e instruções, um "corruptor da juventude".

Dessas acusações, o tribunal, e há todos os fundamentos para crer, honestamente considerou culpado, e condenou à morte como um criminoso, o homem que provavelmente, dentre os nascidos naquela época, foi merecedor do melhor da humanidade.

Passar deste para o único outro exemplo de iniquidade judicial, cuja menção, após a condenação de Sócrates não seria um anticlímax: o evento que aconteceu no Calvário, mais de mil e oitocentos anos atrás.

---

(7) "Os mestres dos que conhecem" – como Aristóteles foi descrito em o *Inferno* de Dante (NT).

O homem que deixou na memória daqueles que testemunharam sua vida e palavras, marca de sua grandeza moral, que dezoito séculos subsequentes têm rendido reverência a ele como o próprio todo-poderoso em pessoa, foi ignominiosamente condenado à morte, como o quê? Como um blasfemo.

Os homens não apenas interpretaram mal seu benfeitor; eles o tomaram por exatamente o contrário do que ele realmente era, e o trataram como aquele prodígio de impiedade, como eles próprios agora são considerados pelo seu tratamento a ele.

Os sentimentos com os quais a humanidade agora julga estes procedimentos lamentáveis, especialmente o último dos dois, a torna extremamente injusta em seu julgamento dos infelizes atores.

Estes não foram, em todos os aspectos, homens ruins – nem piores do que os homens usualmente são, mas bem ao contrário; homens que influenciavam em uma medida total, ou um tanto mais, os sentimentos religiosos, morais, patrióticos de seu tempo e povo: o verdadeiro tipo de homens que, em todos os tempos, inclusive o nosso próprio, têm todas as chances de passar pela vida incólumes e respeitados.

O sumo sacerdote que rasgou suas vestes quando as palavras foram pronunciadas, que, de acordo com todas as ideias de seu país, constituíam a mais negra culpa, foi com toda probabilidade totalmente tão sincero em seu horror e indignação, quanto o é agora a maioria dos homens respeitáveis e pios nos sentimentos religiosos e morais que professam; e a maior parte daqueles que agora se horroriza com sua conduta, se tivesse vivido em sua época, e nascido judeu, teria agido precisamente como ele.

Os cristãos ortodoxos, que são levados a pensar que aqueles que apedrejaram até a morte os primeiros mártires devam ter sido homens piores do que eles mesmos o são, deveriam lembrar-se de que um daqueles perseguidores foi São Paulo.

Vamos acrescentar mais um exemplo, o mais surpreendente de todos, como se o fator impressionante de um erro fosse medido pela sabedoria e virtude daquele que o comete.

Se alguém que possuísse o poder jamais tivesse fundamentos para considerar-se o melhor e mais esclarecido de seus contemporâneos, este teria sido o imperador Marco Aurélio.

Monarca absoluto de todo o mundo civilizado, ele preservou durante sua vida a mais imaculada justiça, mas o que menos se esperava de sua educação estoica[8] era o mais terno coração.

As poucas falhas que são atribuídas a ele, eram todas relacionadas à indulgência: enquanto seus escritos, o mais alto produto ético do pensamento antigo, diferem quase imperceptivelmente dos ensinamentos mais característicos de Cristo.

Esse homem, um cristão melhor em tudo, exceto no senso dogmático da palavra, do que quase quaisquer dos soberanos ostensivamente cristãos que têm desde então reinado, perseguiu o cristianismo.

Colocado no ponto mais alto de todas as realizações anteriores da humanidade com uma mente aberta, livre, e um caráter que o conduziu a incorporar em seus escritos morais o ideal cristão, ele ainda assim falhou em ver que o cristianismo era um bem e não um mal para o mundo, com suas obrigações às quais ele estava tão profundamente impregnado.

Ele sabia que a sociedade existente estava em um estado deplorável. Mas tal como estava, ele via, ou achava que via, que ela estava unida, e impedida de estar pior, pela crença e reverência das divindades aceitas.

Como um governante da humanidade, ele julgava ser sua obrigação fazer com que a sociedade não se desagregasse; e não viu como, se seus laços existentes fossem removidos, quaisquer outros poderiam ser formados para uni-la novamente.

A nova religião abertamente almejava a desagregação desses laços; portanto, a não ser que fosse seu dever adotar aquela religião, parecia ser seu dever derrubá-la. Então, visto que a teologia do cristianismo não lhe parecia verdadeira ou de origem divina, visto que

---

(8) O imperador romano Marcus Aurelius Antoninus (121-180) era um seguidor do estoicismo (NT).

esta história estranha de um Deus crucificado não era a seu ver verossímil, e um sistema que pretendia basear-se inteiramente sobre um fundamento que para ele era totalmente inacreditável, não poderia ser pressuposto por ele ser aquela ação renovadora que, após todos os enfraquecimentos, ela de fato provou ser; o mais gentil e amável dos filósofos e governantes, sob um solene senso de obrigação, autorizou a perseguição do cristianismo.

A meu ver este é um dos fatos mais trágicos em toda a história.

É um pensamento amargo, quão diferente o cristianismo do mundo poderia ter sido, se a fé cristã tivesse sido adotada como religião do império sob os auspícios de Marco Aurélio em vez dos de Constantino.

Mas seria igualmente injusto com ele e falso com a verdade negar que nenhum argumento que pudesse ser incitado para punir o ensinamento anticristão tenha sido insuficiente para Marco Aurélio punir, como ele o fez, a propagação do cristianismo. Nenhum cristão acredita mais firmemente que o ateísmo seja falso, e tende a dissolver a sociedade, do que Marco Aurélio acreditava da mesma forma em relação ao cristianismo; ele que, de todos os homens que viveram naquele tempo, poderia ter sido o mais capacitado de aprová-lo.

A não ser que alguém que considere correta a punição pela promulgação de opiniões, vanglorie-se de ser mais sábio e melhor que Marco Aurélio – o mais profundamente versado na sabedoria de seu tempo, o mais elevado em seu intelecto à frente de seu tempo – o mais sério em sua busca pela verdade, ou mais sincero em sua devoção, quando a encontra deixa que ela se abstenha daquela presunção de infalibilidade comum a si mesmo e à multidão, o que fez o grande Antonino com um resultado tão infeliz.

Cientes da impossibilidade de defender o uso de punição para restringir opiniões irreligiosas, por meio de qualquer argumento que não justificará Marco Aurélio Antonino, os inimigos da liberdade religiosa quando duramente pressionados ocasionalmente aceitam esta consequência, e dizem, como o dr. Johnson, que os perseguidores do cristianismo tinham razão; que a perseguição é uma provação pela qual a verdade deve suportar, e sempre suporta com sucesso, penalidades legais que, no final, são ineficazes contra a verdade, embora às vezes proveitosamente efetivas contra erros danosos. Esta é uma forma de argumento para intolerância religiosa, suficientemente notável para ser despercebida.

Uma teoria que sustenta que a verdade pode, de forma justificada, ser perseguida porque a perseguição possivelmente não lhe poderá causar nenhum mal, não pode ser cobrada por ser intencionalmente hostil à aceitação de novas verdades; mas não podemos elogiar a generosidade com que ela lida com as pessoas cuja a humanidade está comprometida por causa delas.

Revelar ao mundo algo que profundamente lhe diz respeito, e que ele anteriormente ignorava; provar a ele que havia se enganado sobre algum ponto vital de interesse temporal ou espiritual é um serviço tão importante quanto o ser humano pode prestar a seus semelhantes, e em certos casos, como naqueles dos cristãos primitivos e reformadores, aqueles que acham pensam como o dr. Johnson acreditam que isso foi o bem mais precioso que poderia ser concedido à humanidade.

Que os autores de tais esplêndidos benefícios deveriam ser recompensados pelo martírio; que sua recompensa deveria ser a de terem sido tratados como os mais desprezíveis dos criminosos não é, no âmbito desta teoria, um erro e infortúnio deploráveis, pelos quais a humanidade deveria lamentar-se, mas considerar como um estado de coisas normal e justificável.

O proponente de uma nova verdade, de acordo com essa doutrina, deveria apoiar, e apoiou, nas legislações dos habitantes de Locri[9], o proponente de uma nova lei com uma corda em volta de seu pescoço, a ser prontamente apertada se a assembleia pública, ao ouvir suas razões, não adotasse sua proposição imediatamente.

As pessoas que defendem esse modo de tratar os benfeitores não devem dar muito valor ao benefício; e eu acredito que esta visão do

---

(9) Locri era uma cidade fundada pelos gregos no sul da Itália no século VII a.C., famosa pela rigidez de seu código de leis.

assunto está, na maioria das vezes, limitada ao tipo de pessoas que acham que novas verdades podem ter sido desejáveis algum dia, mas que já tivemos o suficiente delas agora.

Mas, certamente, o dito de que a verdade triunfa sobre a perseguição é uma daquelas falsidades amáveis que os homens repetem uma atrás da outra até que passem a ser lugar comum, mas as quais toda a experiência refuta.

A história está repleta de exemplos da verdade derrubada pela perseguição. Se não suprimida definitivamente, ela pode ser ignorada por séculos. Para citar apenas opiniões religiosas:

A Reforma irrompeu pelo menos vinte vezes antes de Lutero e foi derrubada. Arnaldo de Bréscia foi derrubado. Frei Dolcino foi derrubado. Savonarola foi derrubado.

Os albigenses foram derrubados. Os valdenses foram derrubados.

Os lolardos foram derrubados. Os hussitas foram derrubados.

Mesmo após a era de Lutero, onde quer que a perseguição persistisse, ela era bem-sucedida.

Na Espanha, Itália, Flanders, no Império Austríaco, o protestantismo foi erradicado; e provavelmente teria sido também na Inglaterra, se a rainha Mary tivesse vivido ou a rainha Elizabeth tivesse morrido[10].

A perseguição foi sempre bem-sucedida, exceto onde os hereges eram um partido forte demais para ser perseguido eficazmente.

Nenhuma pessoa razoável pode duvidar de que o cristianismo pudesse ter sido extirpado no Império Romano.

Ele difundiu-se, e tornou-se predominante porque as perseguições

---

(10) Martinho Lutero (1483-1546) foi o fundador alemão da Reforma Protestante. Arnaldo de Bréscia (morto em 1155) foi um padre e líder político executado pelas autoridades eclesiásticas. Dolcino de Novara foi um pregador do século XIII que morreu sob tortura. Girolamo Savonarola (1452-1498) foi um padre italiano, reformador religioso e político, executado por heresia. Os albigensenses eram uma seita cristã herética que floresceu por pouco tempo na França nos séculos XII e XIII, mas que pereceu sob perseguição. Os lolardos eram pregadores de um movimento inglês de dissidentes religiosos, liderados por John Wiclif (1324-84), que foi suprimido pelas autoridades eclesiásticas. Os hussites eram seguidores do dissidente tcheco Jan Huss (1371-1415), que agiram na Boêmia e Morávia do século XIV ao XVI (NT).

eram apenas ocasionais, durando apenas um curto período, e separadas por longos intervalos de propagação relativamente calma.

É um exemplo de sentimentalidade inútil acreditar que a verdade, meramente como verdade, tenha algum poder inerente de negar-se ao erro, de prevalecer contra a masmorra e a estaca.

Os homens não são mais zelosos pela verdade do que normalmente são pelo erro, e uma aplicação suficiente de penalidades legais ou até mesmo sociais geralmente serão eficientes para interromper a propagação de uma ou de outra.

A real vantagem que a verdade possui, consiste nisso, que quando uma opinião é verdadeira, ela pode ser extinta uma, duas ou mais vezes, mas no curso das épocas serão encontradas pessoas para descobri-la novamente, até que alguma de suas reaparições recaia sobre um tempo em que, a partir das circunstâncias favoráveis ela escape da perseguição até que tenha amadurecido a ponto de resistir a todas as tentativas subsequentes de suprimi-la.

Será dito que nós não mais condenamos à morte os introdutores de novas opiniões: não somos como nossos antecessores, que assassinaram os profetas; nós até mesmo construímos sepulcros para eles.

É verdade que nós não mais condenamos hereges à morte, e a quantidade de castigo penal que o sentimento moderno provavelmente tolerasse, mesmo contra as opiniões mais nocivas, não é suficiente para extirpá-los.

Mas nós não nos vangloriamos de que já estejamos livres mesmo da mancha da perseguição legal.

Penalidades por opinião, ou pelo menos por sua expressão, ainda existem legalmente; e seu reforço não é, mesmo nos dias de hoje, tão sem precedente quanto torná-la absolutamente inacreditável que possa algum dia ser revivida com força total.

No ano de 1857, nas sessões de verão de um tribunal superior do condado de Cornwall, um homem desafortunado[11], considerado de

(11) Thomas Pooley, Sessões do Tribunal de Bodmin, 31 de julho de 1857. Em dezembro do mesmo ano ele recebeu o perdão da Coroa.

conduta irrepreensível em todas as relações da vida, foi sentenciado a 21 meses de prisão por expressar, e escrever em um portão, algumas palavras ofensivas ao cristianismo.

No período de um mês, na mesma época, em Old Bailey, duas pessoas[12], em duas ocasiões, foram rejeitadas como juradas, e uma delas grosseiramente insultada pelo juiz e por um dos membros do conselho porque honestamente declararam que não tinham nenhuma crença teológica; e a uma terceira, um estrangeiro[13], pela mesma razão, foi negada a justiça contra um ladrão.

Essa recusa de reparação aconteceu em virtude da doutrina legal, de que qualquer pessoa que não professe crença em um Deus (qualquer deus é suficiente) ou em um estado futuro, não tem permissão de provar em um tribunal de justiça; o que equivale declarar que tais pessoas sejam foras da lei, excluídas da proteção dos tribunais; e que não podem ser apenas despojadas ou agredidas com impunidade, se ninguém além delas próprias, ou pessoas de opiniões similares, estiver presente, mas qualquer outra pessoa pode ser despojada ou agredida com impunidade, se a prova do fato depender de sua comprovação.

A hipótese sobre a qual isso está fundamentado é que o juramento de uma pessoa que não acredita em um estado futuro, é sem valor; uma proposição que indica muita ignorância histórica daqueles que concordam com isso (uma vez que é historicamente verdade que uma grande proporção de infiéis de todas as épocas foram pessoas de integridade e honra distintas); e que não seriam apoiados por ninguém que tivesse a menor ideia de quantas pessoas de grande reputação para o mundo, tanto por virtudes quanto por realizações, são bem conhecidas, pelo menos por seus amigos íntimos, por serem incrédulos.

Além disso, a regra é suicida, e decepa seu próprio fundamento. Sob o pretexto de que os ateístas devam ser mentirosos, ela admite o

---

(12) George Jacob Holyoake, 17 de agosto de 1857; Edward Truelove, julho de 1857.

(13) Barão de Gleichen, Tribunal de Polícia de Malrborough, 4 de agosto de 1857.

testemunho de todos os ateístas que estão dispostos a mentir, e rejeita apenas aqueles que enfrentam a infâmia publicamente confessando um credo odiado mais do que afirmando uma falsidade.

Uma regra desta forma autocondenada de absurdidade na medida em que considera seu propósito professado, pode ser mantida em vigor apenas como um símbolo de ódio, uma lembrança de perseguição; uma perseguição, também, que tem a peculiaridade de que a condição para sofrê-la é a de ser claramente comprovada que não a mereça.

A regra e a teoria que ela implica são quase menos ofensivas aos crédulos do que aos fiéis.

Pois se aquele que não acredita em um estado futuro, mente por necessidade, conclui-se que aqueles que realmente acreditam são apenas impedidos de mentir, se impedidos forem, pelo medo do inferno. Não fazemos injustiça aos autores e cúmplices da regra, de supor que o conceito que formaram da virtude cristã seja retirado de suas próprias consciências.

Estas, certamente, são apenas trapos e sobras da perseguição, e podem ser consideradas não tanto uma indicação do desejo de perseguir, quanto um exemplo daquela enfermidade muito frequente das mentes inglesas, que as faz ter um prazer absurdo na afirmação de um princípio ruim, quando não forem mais ruins o suficiente para desejar colocar tal regra em prática.

Mas infelizmente, não há nenhuma segurança no estado da mente pública de que a suspensão de formas piores de perseguição legal, que durou aproximadamente uma geração, continuará.

Nos dias de hoje a superfície calma da rotina é sempre perturbada por tentativas de ressuscitar males passados, com o propósito de introduzir novos benefícios.

Do que se vangloria na época atual como o renascimento da religião, é sempre, nas mentes mais estreitas e incultas, no mínimo outro tanto o renascimento da intolerância; e onde houver a forte influência permanente de intolerância nos sentimentos de uma pessoa, o que sempre reside nas classes médias desse país, pouco será necessário para levá-los a perseguir ativamente aqueles sobre quem nunca cessaram de considerar objeto de perseguição(14). Pois é isto, as opiniões que os homens nutrem, os sentimentos que eles estimam a respeito daqueles que rejeitam as crenças que consideram importantes, é que torna este país um lugar de pouca ou nenhuma liberdade mental.

Passado um longo tempo, o principal dano das penalidades legais é que elas fortalecem o estigma social.

Este estigma que é realmente efetivo, e tão efetivo que a afirmação de opiniões que estão sob o banimento da sociedade é muito menos comum na Inglaterra do que é em muitos outros países a confissão daqueles que incorrem em risco de punição judicial.

Com relação a todas as pessoas, exceto aquelas cujas circunstâncias financeiras as tornam independentes da boa vontade de outras pessoas, a opinião sobre este assunto é tão eficaz quanto a lei; os homens também podem ser presos, quando excluídos dos meios de ganhar seu pão.

Aqueles cujo pão já está seguro, e que não estejam sob favores dos homens de poder, ou de instituições de homens, ou do povo, não têm nada a temer da confissão aberta de quaisquer opiniões, mas de

---

(14) Amplas advertências podem ser retiradas da grande infusão de paixões de um perseguidor, que se misturou com a manifestação geral das piores partes de nosso caráter nacional na ocasião da insurreição de Sepoy. Os desvarios de fanáticos ou charlatões no púlpito não são merecedores de nota; mas os cabeças do partido evangélico anunciaram como seu princípio para o governo de hindus e maometanos que nenhuma escola fosse sustentada pelo dinheiro público em que a Bíblia não fosse ensinada, e pela consequência necessária que nenhum emprego público fosse dado a qualquer um que não fosse um cristão real ou pretenso. Um subsecretário de Estado, em um discurso feito a seu eleitorado em 12 de novembro de 1857 dizia: "Tolerância de sua fé" (a fé de uma centena de milhões de súditos britânicos), "a superstição que chamavam de religião, pelo governo britânico, teve o efeito de retardar a ascendência do nome britânico, e evitar o crescimento salutar do cristianismo...Tolerância foi a pedra fundamental das liberdades religiosas deste país; mas não os deixe abusar da preciosa palavra tolerância. Como ele a entendeu significava a completa liberdade de todos, liberdade de prestar conto, dentre cristãos, que cultuavam sobre o mesmo fundamento. Elas significavam tolerância de todas as seitas e denominações de cristãos que acreditavam na mediação única". Desejo chamar atenção para o fato de que um homem que tenha sido julgado adequado para preencher um alto posto no governo de seu país, sob o ministério liberal, mantém a doutrina de que todos os que não acreditam na divindade de Cristo estão além do campo da tolerância. Quem, após essa manifestação imbecil, pode favorecer a ilusão de que a perseguição religiosa tenha terminado para nunca mais voltar?

serem mal interpretados e mal falados, e isto não deve requerer um modelo muito heroico para torná-los capacitados a conduzir-se.

Não há nenhum espaço para qualquer apelo *ad misericordiam* no interesse de tais pessoas.

Mas embora agora nós não causemos tanto mal àqueles que pensam diferentemente de nós, como era anteriormente nosso costume, pode ser que façamos a nós mesmos tanto mal quanto fizemos com nosso tratamento a eles.

Sócrates foi condenado à morte, mas sua filosofia ascendeu como o sol no paraíso, e espalhou sua iluminação sobre todo o firmamento intelectual. Os cristãos foram lançados aos leões, mas a igreja cristã desenvolveu-se como uma árvore imponente e expandida, elevando-se além das mais antigas e menores, menos vigorosas, encobrindo-as com sua sombra.

Nossa intolerância meramente intelectual não mata ninguém, não desarraiga nenhuma opinião, mas induz os homens a disfarçá-las, ou abster-se de qualquer esforço ativo para sua difusão.

Conosco, as opiniões heréticas perceptivelmente não ganham, ou até mesmo perdem fundamento em cada década ou geração: elas nunca se proclamam em todos os lugares, mas continuam a arder nos círculos estreitos de pensadores e estudiosos dos quais elas se originaram, sem jamais inflamar os assuntos gerais da humanidade, seja como uma luz verdadeira ou enganosa.

E dessa forma preserva-se um estado de coisas muito satisfatório para algumas mentes porque, sem o processo desagradável de punir ou aprisionar qualquer pessoa, ele preserva todas as opiniões prevalecentes externamente inalteradas, enquanto não impede absolutamente a prática da razão pelos dissidentes angustiados com a doença do pensamento.

Um plano consciente para haver paz no mundo intelectual e manter todas as coisas avançando nesse sentido perfeitamente, como já acontece. Mas o preço pago por este tipo de pacificação intelectual é o sacrifício de toda coragem moral da mente humana.

Um estado de coisas em que uma grande parte dos mais ativos e inquiridores intelectos acham recomendável manter os princípios e fundamentos gerais de suas convicções preservadas entre si, e tentar, naquilo que comunicam ao povo, adaptar o máximo que puderem de suas próprias conclusões às premissas que têm internamente renunciado, não devendo exalar as personalidades destemidas, e os intelectos lógicos e consistentes que um dia adornaram o mundo pensante.

Os tipos de homens que podem ser procurados neste aspecto, ou são meros conformistas com o lugar comum, ou oportunistas da verdade, cujos argumentos sobres todos os grandes assuntos são destinados a seus ouvintes e não são aqueles que convenceram a eles mesmos.

Aqueles que evitam essa alternativa, assim o fazem estreitando seus pensamentos e interesse para coisas das quais podem ser faladas sem aventurar-se na área de princípios, ou seja, pequenos assuntos práticos que estariam de acordo com eles próprios, porém se as mentes da humanidade estivessem fortalecidas e ampliadas, o que nunca será realizado de forma correta até então, enquanto o que fortaleceria e ampliaria as mentes dos homens, a livre e audaz especulação sobres os assuntos mais elevados, é abandonado.

Aqueles sob cujos olhos esta reserva não representa nenhum mal da parte dos heréticos, deveriam considerar em primeiro lugar que em consequência disso não haverá nunca qualquer discussão justa e total de opiniões heréticas, e que essas opiniões que não poderiam sustentar tal discussão não desaparecem, embora possam ser impedidas de serem difundidas. Mas não é que as mentes dos heréticos estejam mais deterioradas pelo banimento colocado no questionamento que não termina em conclusões ortodoxas.

O maior mal é causado àqueles que não são heréticos, e cujo total desenvolvimento mental é restringido, e sua razão intimidada, por medo da heresia.

Quem pode calcular o que o mundo perde na turba de intelectos promissores combinados com castigos tímidos, que não ousam levar até o fim qualquer sucessão de pensamentos arrojados, fortes e independentes, com receio de que pudesse levá-los a algo que dê margem a sejam considerados irreligiosos ou imorais?

Dentre eles podemos ocasionalmente ver algum homem de consciência profunda, e de compreensão sutil e refinada, que passa uma vida em sofismar-se com um intelecto que ele não consegue silenciar, e esgota os recursos da ingenuidade em tentar apaziguar as instigações de sua consciência e razão com ortodoxia, o que talvez ele ainda não consiga realizar até o final.

Ninguém pode ser um grande pensador se não reconhecer que como tal é sua primeira obrigação seguir seu intelecto para quaisquer que sejam as conclusões a que ele possa levar.

A verdade ganha mais com os erros de alguém, que com devido estudo e preparação, pensa por si mesmo, do que com as opiniões verdadeiras daqueles que apenas as sustentam porque não se dão ao trabalho de se permitir pensar. Não que a liberdade de pensar seja exigida unicamente, ou principalmente, para formar grandes pensadores. Pelo contrário, é tanto quanto e até mesmo mais indispensável capacitar seres humanos médios a conseguir a estatura mental da qual eles são capazes.

Tem havido, e pode novamente haver, grandes pensadores individuais, em uma atmosfera geral de escravidão mental. Mas nunca houve, e jamais haverá, em tal atmosfera, um povo intelectualmente ativo.

Quando qualquer povo aproxima-se temporariamente de tal característica é porque o temor da especulação heterodoxa foi por algum tempo suspenso. Onde há uma convenção tácita de que os princípios não são para serem discutidos ou onde a discussão das maiores questões de que se pode ocupar a humanidade é considerada fechada, não podemos esperar encontrar aquele alto grau de atividade mental que tem tornado alguns períodos da história tão notáveis.

Nunca, quando a controvérsia evitou os assuntos que são grandes e importantes o suficiente para acender o entusiasmo, a mente de um povo foi incitada a partir de seu fundamento, não havendo o impulso que leva até mesmo pessoas de intelectos mais comuns à dignidade de seres pensantes.

Temos um exemplo disso na situação da Europa durante as épocas que imediatamente se seguiram à Reforma; outro, embora limitado ao continente e a uma classe mais culta no movimento e especulativo na última metade do século XVIII; e um terceiro de duração ainda mais breve, na fermentação intelectual da Alemanha durante o período de Goethe e Fichte[15].

Esses períodos diferiram largamente nas opiniões particulares que desenvolveram, mas foram semelhantes no fato de que durante todos os três, o jugo da autoridade foi rompido.

Em cada um, um antigo despotismo mental tinha sido lançado fora, e nenhum outro o havia substituído ainda.

O impulso dados nestes três períodos fez da Europa o que ela é agora. Cada simples melhoria que se deu ou na mente humana ou nas instituições, pode ser traçada distintamente para uma ou para a outra.

As aparências por algum tempo têm indicado que os três impulsos estão quase esgotados; e não podemos esperar nenhum começo novo até que novamente declaremos nossa liberdade mental.

Vamos agora passar para a segunda parte do argumento e, recusando a suposição de que quaisquer das opiniões admitidas possam ser falsas, vamos assumi-las como verdadeiras, e examinar a importância do modo sobre o qual elas são provavelmente sustentadas, quando sua verdade não é livre e abertamente investigada.

Embora com relutância uma pessoa que tenha uma forte opinião possa admitir a possibilidade de que sua opinião seja falsa, ela deve ser movida pela consideração de que embora possa ser verdadeira, se não for total, frequente e destemidamente discutida, será sustentada como um dogma morto, e não uma verdade viva.

Há uma classe de pessoas (felizmente não tão numerosa quanto

(15) Johann Wolfgang von Goethe (1749-1832), poeta e dramaturgo alemão; Johann Gottlieb Fichte (1762-1814), filósofo alemão (NT).

anteriormente) que acha ser suficiente que se concorde indubitavelmente com o que ela acha que é verdadeiro, embora não tenha qualquer conhecimento sobre quaisquer que sejam os fundamentos da opinião, e não poderia defendê-la de forma sustentável contra a mais superficial das objeções.

Tais pessoas, uma vez que podem obter sua doutrina a partir da autoridade, naturalmente acham que nenhum bem, mas algum mal, resulta da permissão de seu questionamento.

Onde prevalece sua influência, elas tornam quase impossível que a opinião admitida seja rejeitada sábia e prudentemente, embora ainda possa ser rejeitada irrefletidamente e de forma ignorante; excluir inteiramente a discussão é raramente possível, e quando ela tão logo vence, crenças não fundamentadas na convicção poderão desabar perante o mais leve indício de um argumento.

Renunciando, contudo, a esta possibilidade – e assumindo que a opinião verdadeira abriga na mente, mas como um preconceito, uma crença independente e não influenciada por argumento – esta então não representa a maneira pela qual a verdade deva ser sustentada.

Isto não é conhecer a verdade. A verdade sustentada dessa forma é apenas mais uma superstição, acidentalmente apegada às palavras que anunciam a verdade.

Se o intelecto e o julgamento da humanidade devem ser cultivados, algo que os protestantes pelo menos não negam, em que faculdades podem ser exercidas mais apropriadamente por qualquer pessoa, que não nas coisas que lhe concernem a tal ponto que se considera necessário que ela tenha opinião sobre elas?

Se o desenvolvimento da compreensão consiste em uma coisa mais do que em outra, certamente será em aprender os fundamentos de suas próprias opiniões.

No que quer que as pessoas acreditem, em assuntos sobre os quais é de primordial importância acreditar perfeitamente, elas devem estar aptas a se defender contra pelo menos as objeções mais comuns.

Mas, alguém poderá dizer: "Deixe que lhe sejam ensinados os

fundamentos de suas opiniões. Não se conclui que opiniões devam ser meramente repetidas porque nunca foram ouvidas de uma forma controversa. Pessoas que aprendem geometria simplesmente não decoram os teoremas, mas entendem e aprendem da mesma forma as demonstrações; e seria absurdo dizer que elas permanecem ignorantes em relação aos fundamentos das verdades geométricas, porque nunca ouviram qualquer pessoa negar, e tentar desmenti-las". Indubitavelmente. Tal ensinamento é suficiente para um assunto como a matemática, em que não há nada absolutamente a ser dito sobre o lado errado da questão.

A peculiaridade da evidência de verdades matemáticas é que todo o argumento está de um lado. Não há nenhuma objeção e nenhuma resposta a objeções. Mas em todos os assuntos nos quais a diferença de opinião é possível, a verdade depende de um equilíbrio a ser atingido entre dois conjuntos de razões conflitantes.

Mesmo na filosofia natural, há sempre outra explicação possível dos mesmos fatos; alguma teoria geocêntrica em vez de heliocêntrica, algum flogisto em vez de oxigênio; e deve-se demonstrar por que outra teoria não pode ser a verdadeira: e até que isto seja demonstrado ou até que saibamos como isto é demonstrado, não entenderemos os fundamentos de nossa opinião.

Mas quando nos voltamos para assuntos infinitamente mais complicados, como costumes, religião, política, relações sociais, e assuntos da vida, três quartos dos argumentos para todas as opiniões discutidas consistem em afastar as aparências que favorecem alguma opinião diferente dela.

O maior orador, exceto um, da antiguidade[16], deixou registrado que sempre estudava o caso de seu adversário com grande, senão com ainda maior, intensidade do que até mesmo seu próprio caso. O que Cicero praticava como meio de sucesso retórico requer ser imitado por todos os que estudam qualquer assunto a fim de alcançar a ver-

(16) Marcus Tullius Cicero (146-106 a.C.); o maior de todos, o grego Demóstenes (384-322 a.C.).

dade. Aquele que conhece apenas o lado de seu próprio caso conhece pouco dele. Suas razões podem ser boas, e ninguém poderá ser capaz de refutá-las.

Mas se ele é igualmente incapaz de refutar as razões do lado oposto, se ele não as conhece bem, então não possui nenhum fundamento para preferir qualquer opinião.

A posição racional para ele seria a suspensão do julgamento, e a menos que conteste a si próprio com isso, ele será ou levado pela autoridade, ou adotará, como o mundo em geral, o lado pelo qual ele sente mais inclinação.

Nem é suficiente que ele deva ouvir os argumentos de adversários a partir de seus próprios professores, apresentados como eles os afirmam, e acompanhados por aquilo que eles oferecem como refutações.

Essa não é maneira de fazer justiça aos argumentos, ou trazê-los para o contato real com sua própria mente. Ele deve ser capaz de ouvi-los de pessoas que realmente acreditam neles; que os defendem seriamente, e fazem o máximo por eles.

Ele deve conhecê-los em sua forma mais plausível e persuasiva, deve sentir toda a força da dificuldade que a visão verdadeira do assunto tem que encontrar e dispor; de outra forma ele nunca realmente se apoderará da parcela da verdade que encontra e remove tal dificuldade.

Noventa e nove dentre cem dos que são chamados de homens educados se encontram nessa condição; mesmo aqueles que conseguem fluentemente debater suas opiniões.

Sua conclusão pode ser verdadeira, mas será falsa para qualquer coisa que eles conheçam. Eles nunca se lançaram na posição mental daqueles que pensam diferentemente deles, e consideram o que tais pessoas possam ter a dizer, e consequentemente, em nenhum senso adequado da palavra, não conhecem a doutrina que eles próprios professam.

Eles não conhecem aquelas partes que explicam e justificam o resto, as considerações que mostram que um fato que aparentemente entra em conflito com um outro seja conciliado com ele, ou que, de duas razões aparentemente fortes, uma e não a outra deva ser preferida.

Toda essa parte da verdade que determina e decide o julgamento de uma mente completamente informada, é estranha a eles; nem é jamais realmente conhecida, a não ser para aqueles que têm acompanhado igual e imparcialmente ambos os lados, e empenha-se em ver as razões de ambos sob a mais forte luz.

Tão essencial é essa disciplina para uma compreensão real de assuntos morais e humanos, que se opiniões de todas as verdades importantes não existirem, será indispensável imaginá-las, e fornecer-lhes os mais fortes argumentos o quais o mais habilidoso advogado do diabo possa citar.

Para abater a força dessas considerações, pode-se supor que um inimigo da livre discussão diga que não há qualquer necessidade para a humanidade em geral conhecer e entender tudo o que possa ser dito contra ou a favor de suas opiniões por filósofos e teólogos.

Que não é necessário para os homens comuns serem capazes de expor todas as afirmações falsas e ideias errôneas de um oponente engenhoso.

Que é suficiente que haja sempre alguém capaz de respondê-las, a fim de que nada plausível que engane pessoas não instruídas permaneça irrefutável. Que as mentes simples, havendo aprendido os fundamentos óbvios das verdades nelas inculcadas, podem ter confiança na autoridade para o resto, e sendo sabedores de que não têm nem conhecimento nem talento para resolver todas as dificuldades que possam aparecer, podem descansar na certeza de que tudo aquilo que foi suscitado foi ou pode ser respondido por aqueles que são especialmente treinados para a tarefa.

Concedendo a esta visão do assunto o máximo que pode ser reivindicado para ele por aqueles mais facilmente satisfeitos com a quantidade de entendimento da verdade que deve acompanhar sua crença; mesmo assim, o argumento para discussão livre não é de forma alguma enfraquecido.

Pois mesmo esta doutrina reconhece que a humanidade deve ter uma certeza racional de que todas as objeções foram satisfatoriamente respondidas; e como devem ser respondidas se aquilo que requer ser respondido não é falado?

Ou como pode a resposta ser reconhecida como satisfatória se os oponentes não têm oportunidade de mostrar que ela é insatisfatória?

Se não o povo, pelo menos os filósofos e teólogos devem resolver as dificuldades, familiarizar-se com tais dificuldades em sua forma mais complicada; e isto não pode ser realizado a menos que sejam livremente afirmadas e colocadas sob a luz mais favorável que elas possam comportar.

A Igreja Católica tem sua própria maneira de lidar com esse problema embaraçoso. Ela faz uma ampla separação entre aqueles que têm permissão de receber suas doutrinas na convicção, e aqueles que devem aceitá-la na verdade.

A nenhum deles, realmente, é permitida qualquer escolha em relação ao que aceitarão; mas ao clero, pelo menos quanto ao que se pode totalmente confiar nele, pode de forma admissível e merecida tornar-se conhecedor dos argumentos dos opositores, a fim de respondê-los, e, portanto, ler livros heréticos, na condição de leigo, a não ser com permissão especial, é quase impossível. Esta disciplina reconhece um conhecimento do caso do inimigo como benéfico aos professores, mas encontra meios, consistentes com isto, de negá-lo para o resto do mundo; desta forma dá à elite mais cultura mental, embora não mais liberdade mental do que permite à massa.

Por meio desse recurso ela consegue obter o tipo de superioridade mental que seus propósitos requerem; embora a cultura sem liberdade nunca tenha produzido uma mente ampla e liberal, ela pode produzir um defensor inteligente *nisi prius*(17) de uma causa.

Mas em países que professam o protestantismo, este recurso é negado; uma vez que o protestantismo defende, pelo menos em teo-

---

(17) Expressão latina incorporada na terminologia legal inglesa que, em seu sentido mais abrangente, significa "válido a menos que se prove o contrário".

ria, que a responsabilidade para a escolha de uma religião deve ser sustentada por cada um para si próprio, e não pode ser lançada sobre os professores.

Além disso, no atual estado do mundo, é praticamente impossível que os escritos que são lidos pelos instruídos posam ser sonegados aos não instruídos.

Se os professores da humanidade devem estar cientes de tudo que devem conhecer, então tudo deve ser liberado para ser escrito e publicado sem restrição.

Se, contudo, a ação perniciosa da ausência de discussão livre, quando opiniões admitidas forem verdadeiras, estivesse confinada a deixar os homens ignorantes dos fundamentos de tais opiniões, poder-se-ia pensar que, se é intelectual, isto não é nenhum mal moral, e não afeta o valor das opiniões, quanto à sua influência no caráter.

O fato, contudo, é que não apenas os fundamentos da opinião são esquecidos na ausência de discussão, mas muito frequentemente o significado da opinião em si. As palavras que a comunicam, cessam de sugerir ideias, ou sugerem apenas uma pequena parte daquelas que eles originariamente empregaram para comunicar.

Em vez de uma concepção vivida e uma crença viva, restam apenas poucas frases retidas mecanicamente; se apenas a casca e a parte externa sem valor do significado é retida, a essência mais fina é perdida.

O grande capítulo na história humana que este fato ocupa e preenche nunca será de pouca importância e não será excessiva a seriedade com que se estude e reflita.

Está ilustrado na experiência de quase todas as doutrinas éticas e credos religiosos. Eles são cheios de significado e vitalidade para aqueles que os criaram, e para os discípulos diretos de seus criadores.

Seu significado continua a ser sentido com força não diminuída, e é talvez lançado a uma consciência até mesmo mais plena, contanto que a luta dure para dar à doutrina ou ao credo uma ascendência sobre outras crenças. Finalmente ou ela prevalece e torna-se a opinião geral, ou seu progresso de difusão cessa mais adiante.

Quando qualquer um desses resultados tornar-se aparente, a controvérsia sobre os assuntos esmorece, e gradualmente desaparece.

A doutrina tomou seu lugar, senão como uma opinião admitida, como uma das facções e divisões aceitas da opinião: aqueles que a detêm geralmente a herdaram, não a adotaram; e a conversão de uma dessas doutrinas para uma outra, sendo agora um fato excepcional, ocupa um pequeno lugar nos pensamentos de seus professores.

Em vez de estar, como no princípio, constantemente em alerta, defendendo-se contra o mundo ou tentando trazê-lo a si, eles têm caído em submissão, nem escutam, quando podem evitar, os argumentos contra seu credo, nem perturbam dissidentes (se houver) com argumentos a seu favor.

A partir dessa época podemos usualmente datar o declínio no poder vivente da doutrina.

Com frequência ouvimos os professores de todos os credos lamentar sobre a dificuldade de manter na mente dos crentes uma compreensão vívida da verdade que eles trivialmente reconhecem, para que ela possa penetrar nos sentimentos, e adquirir um entendimento real sobre a conduta.

De tal dificuldade não se queixa enquanto a crença ainda estiver lutando por sua existência: mesmo os combatentes mais fracos sabem e sentem pelo que estão lutando, e a diferença entre esta e outras doutrinas; e neste período de existência de toda a crença, pode-se encontrar muitas pessoas, as quais têm compreendido seus princípios fundamentais em todas as formas de pensamento, que as têm pesado e considerado em todos os seus pontos importantes de apoio, e que têm experimentado o total efeito no caráter, que a crença em tal credo deve produzir em uma mente completamente imbuída dele.

Mas quando acontece de ser um credo hereditário, e de ser recebido passivamente, e não ativamente – quando a mente não é mais compelida, no mesmo grau que no começo, a exercer seus poderes vitais sobre as questões que sua crença lhe apresenta, há uma tendência progressiva de esquecer tudo da crença exceto os rituais, ou aceitá-la de forma insípida e apática, como se a aceitando na confiança dispensasse a necessidade de compreendê-la na consciência, ou testá-la por meio da experiência pessoal; até que ela quase cesse de se conectar absolutamente com a vida íntima do ser humano.

Então são vistos os casos, tão frequentes nesta época do mundo quase a formar a maioria, nos quais o credo permanece como se estivesse fora da mente, esmagando-a e petrificando-a contra todas as outras influências enviadas às partes mais elevadas de nossa natureza; manifestando seu poder não permitido de que qualquer convicção pura e viva seja introduzida, mas ele próprio não fazendo nada para a mente ou o coração, exceto cuidando para que fiquem vazios.

Até que ponto as doutrinas moldadas de forma intrínseca para produzir a mais profunda impressão sobre a mente podem permanecer nela como crenças mortas, sem jamais serem concebidas na imaginação, nos sentimentos, ou na compreensão, é exemplificada pela maneira na qual a maioria dos crentes sustenta a doutrina no cristianismo. Por cristianismo aqui quero dizer o que é considerado por todas as igrejas e seitas – as máximas e preceitos contidos no Novo Testamento, que são considerados por todas as igrejas e seitas.

Estes são considerados sagrados e aceitos como leis por todos os cristãos declarados.

Ainda assim não seria demais dizer que nem um cristão, em mil, guia ou testa sua conduta individual tendo as leis como referências.

O padrão que ele tem como referência é o costume de sua nação, sua classe, ou sua fé religiosa.

Dessa forma, ele possui, por outro lado, um conjunto de julgamentos e práticas diárias que, até certo ponto de acordo com algumas destas máximas, não tanto com outras, mantêm um compromisso entre a crença cristã e os interesses e sugestões da vida mundana.

Ao primeiro destes padrões ele presta respeito; ao outro, sua verdadeira submissão.

Todos os cristãos acreditam que os abençoados são os pobres e humildes e aqueles que são maltratados pelo mundo; que é mais fácil um camelo passar por uma agulha do que um rico entrar no reino dos céus; que eles não deveriam julgar, a menos que fossem julgados; que não devem jurar absolutamente; que devem amar ao próximo como a si mesmos; que se alguém lhes bater, eles devem dar a outra face também; que se fossem perfeitos, deveriam vender tudo o que têm e dar aos pobres.

Eles não são insinceros quando dizem que acreditam nestas coisas. Realmente acreditam nela, como as pessoas acreditam naquilo que sempre foi louvado e nunca discutido.

Mas no sentido dessa crença viva que regula a conduta, eles acreditam nessas doutrinas até o ponto em que é comum agir de acordo com elas.

As doutrinas em sua integridade são úteis para bombardear os adversários; entende-se que elas sejam úteis para ser formuladas (quando possível) como as razões para qualquer coisa que as pessoas achem que seja louvável.

Mas qualquer um que fizesse lembrar que as máximas requerem uma infinidade de coisas as quais tais pessoas nunca nem mesmo pensam em fazer, não ganharia nada exceto ser classificado dentre aquelas personalidades muito impopulares que fingem ser melhores do que as outras pessoas.

As doutrinas não têm nenhuma influência sobre crentes comuns – não representam um poder em suas mentes.

Eles têm um respeito habitual por sua solidez, mas nenhum sentimento que se estenda das palavras para as coisas significantes, e force a mente a aceitá-las, e os faça agir de acordo com a regra. Sempre que a conduta é afetada, eles procuram pelo senhor A e B para guiá-los até onde ir na obediência ao Cristo. Agora podemos estar bem seguros de que não era este o caso, mas bem ao contrário, com os cristãos antigos. Se tivesse sido assim, o cristianismo nunca se teria desenvolvido de uma seita obscura dos hebreus desprezados para a religião do Império Romano.

Quando seus inimigos diziam: "Vejam como estes cristãos amam uns aos outros" (uma observação que provavelmente não deve ser feita por ninguém agora), eles seguramente tinham um sentimento mais vivo do significado de sua crença do que jamais tiveram desde então.

E é principalmente provável que o cristianismo agora faz tão pouco progresso em estender seu domínio, e após dezoito séculos, ainda está quase restrito aos europeus e a seus descendentes.

Mesmo com os estritamente religiosos, os quais são muito sérios em relação às suas doutrinas, e que atribuem uma quantidade maior de significado a muitas delas do que as pessoas em geral, acontece comumente que a parte que é desta forma comparativamente ativa em suas mentes é aquela que foi produzida por Calvin, ou Knox[(18)], ou alguma outra pessoa muito próxima a eles em caráter.

As palavras de Cristo coexistem passivamente em suas mentes, quase não produzindo efeito além daquele que é causado ao ouvir palavras tão amáveis e brandas.

Há muitas razões, sem dúvida, pelas quais as doutrinas que são a marca de uma seita retêm mais de sua vitalidade do que aquelas comuns a todas as seitas reconhecidas, e pelas quais mais sofrimentos são exigidos dos professores a fim de que seu significado seja mantido vivo; uma das razões certamente é que as doutrinas peculiares são mais questionadas e têm que ser mais constantemente defendidas de contraditores notórios.

Tanto professores quanto aprendizes vão dormir em seus postos, tão logo não haja nenhum inimigo no campo.

A mesma coisa é verdadeira, geralmente falando, em relação a todas as doutrinas tradicionais – aquelas de prudência e conhecimento da vida, assim como as de costumes e religião.

---

(18) João Calvino (1508-1564) foi um teólogo francês famoso por sua regra austera de observância dos princípios cristãos que implantou em Genebra; John Knox (1505-1572) foi o fundador da Igreja Presbiteriana e líder da Reforma na Escócia (NT).

Todas as línguas e literaturas estão cheias de considerações gerais sobre a vida, tanto em relação ao que ela é, quanto a como nela se conduzir; observações que todos conhecem, todos repetem, ou escutam com consentimento que são recebidos como verdades banais; contudo o significado daquilo que a maioria das pessoas verdadeiramente aprende primeiro, quando a experiência geralmente é de uma natureza dolorosa, torna-se realidade para elas.

Com que frequência, quando sofrendo algum infortúnio imprevisto ou desapontamento, uma pessoa lembra de algum provérbio ou ditado comum, que lhe tenha sido familiar em toda sua vida, cujo significado, se ela jamais tivesse se sentido como agora, o teria salvado da calamidade.

Há realmente razões para isto, diferentes da ausência de discussão; há muitas verdades cujo significado total não pode ser concebido até que a experiência pessoal tenha lhe dito.

Muito mais do significado dessas verdades teria sido alcançado, e o que foi entendido teria sido muito mais gravado na mente, se o homem fosse acostumado a ouvir as discussões e os prós e contras das pessoas que realmente compreendiam tal significado.

A tendência fatal da humanidade para desistir de pensar sobre uma coisa quando ela não é mais duvidosa é a causa da metade de seus erros.

Um autor contemporâneo falou bem da "profunda inatividade de uma opinião admitida".

Mas como? (pode-se perguntar) É a ausência de unanimidade uma condição indispensável de conhecimento verdadeiro?

É necessário que alguma parte da humanidade deva persistir no erro para possibilitar que se compreenda a verdade?

Uma crença cessa de ser vital ou real tão logo ela é geralmente aceita – e uma proposição nunca é realmente compreendida e sentida a menos que reste alguma dúvida sobre ela?

Tão logo a humanidade tenha unanimemente aceitado uma verdade, tal verdade perece dentro dela?

A meta mais elevada e o melhor resultado de inteligência aprimorada, tem-se imaginado até agora, é unir a humanidade cada vez mais no reconhecimento de todas as verdades importantes: e a inteligência dura apenas enquanto não tenha conseguido seu objetivo?

Os frutos da conquista perecem através da verdadeira inteireza da vitória?

Não afirmo tal coisa. À medida que a humanidade se aprimora, o número de doutrinas que não são mais contestadas e duvidadas estará constantemente aumentando e o bem-estar da humanidade pode quase ser medido pelo número e seriedade das verdades que alcançaram o ponto de serem incontestadas.

A interrupção de séria controvérsia sobre uma questão após a outra é um dos incidentes necessários da consolidação da opinião; uma consolidação tão salutar no caso de opiniões verdadeiras, quanto perigosa e nociva quando as opiniões são errôneas.

Embora esse estreitamento gradual das fronteiras de diversidade de opiniões seja necessário, em ambos os sentidos do termo, sendo imediatamente inevitável e indispensável, não somos obrigados a concluir que todas as suas consequências sejam benéficas.

A perda de tão importante ajuda à compreensão inteligente e viva de uma verdade, quando proporcionada pela necessidade de explicá-la a opositores e defendê-la contra eles, embora não o suficiente para dar demasiada importância ao benefício de seu reconhecimento universal, não é nenhuma retirada trivial.

Onde tal vantagem não pode mais ser obtida, confesso que gostaria de ver os professores da humanidade esforçando-se para conseguir uma substituta para ela; algum plano para tornar as dificuldades da questão tão presentes na consciência do aprendiz, como tivessem sido imprimidas sobre ele por um dissidente vencedor, ansioso por sua conversão.

Mas em vez de buscar planos para este propósito, eles têm perdido aqueles que anteriormente possuíam. As dialéticas de Sócrates tão magnificamente exemplificadas nos diálogos de Platão eram um plano dessa descrição.

Eram essencialmente uma discussão negativa das grandes questões da filosofia e da vida, dirigidas com habilidade consumada com o objetivo de convencer qualquer um que tivesse meramente adotado os lugares comuns de opinião admitida, de que ele não entendia o assunto – e que até então não havia atribuído nenhum significado definido às doutrinas que professava; para que, ciente de sua ignorância, pudesse ser encaminhado a obter uma crença estável, que repousasse sobre uma compreensão clara tanto do significado das doutrinas quanto de sua evidência.

As discussões acadêmicas da idade média tinham um objetivo um tanto similar. Elas pretendiam certificar-se de que o aluno entendesse sua própria opinião e (por meio de correlação necessária) a opinião oposta a ela, e pudesse impor os fundamentos de uma e rebater os da outra.

Essas discussões anteriormente mencionadas tinham realmente o defeito incurável de que as premissas invocadas eram retiradas da autoridade, não da razão: e, como uma instrução à mente, elas eram em todos os aspectos inferiores às poderosas dialéticas que formavam os intelectos dos "*Socratici viri*"(19); mas a mente moderna deve muito mais a ambas do que geralmente tem vontade de admitir, e os modos atuais de educação não contêm nada que no menor grau dê lugar a uma outra.

Uma pessoa que obtém toda a sua instrução de professores ou livros, mesmo que escape da constante tentação de se contentar com lições, não é obrigada a ouvir ambos os lados; portanto, está longe der ser um feito frequente, mesmo dentre pensadores, conhecer ambos os lados; e a parte mais fraca daquilo que todos dizem em defesa de sua opinião, é o que se pretende como resposta aos antagonistas.

É a tendência da época atual desacreditar a lógica negativa – a

---

(19) Expressão latina que significa discípulos de Sócrates (NT).

qual aponta fraquezas na teoria ou erros na prática, sem estabelecer verdades positivas.

Tal crítica negativa realmente seria fraca o suficiente como um resultado final; mas como meio de se obter qualquer conhecimento ou convicção positiva digna do nome, ela não poderia ser avaliada tão favoravelmente; e até que as pessoas sejam sistematicamente treinadas para isso, haverá poucos pensadores e uma baixa média geral de intelectos em quaisquer departamentos da especulação, exceto da matemática e física.

Sobre qualquer outro assunto a opinião de pessoa alguma merece o nome de conhecimento, exceto até onde ela tenha sido forçada por outros ou, ela mesma colocado em prática, o mesmo processo mental que teria sido exigido dela para levar adiante uma controvérsia ativa com os oponentes.

Esta, portanto, quando ausente, é tão indispensável, mas tão difícil de criar, quão pior do que o absurdo de desistir dela quando se apresenta espontaneamente!

Se existem quaisquer pessoas que contestem uma opinião admitida, ou que o farão se a lei e a opinião permitirem, vamos agradecê-las por isso, abrir nossas mentes para escutá-las, e alegrar-nos de que haja alguém para fazer por nós o que de outra forma deveríamos fazer com muito mais trabalho para nós mesmos, se tivéssemos qualquer consideração ou pela certeza ou pela vitalidade de nossas convicções.

Ainda resta falar sobre uma das principais causas que torna a diversidade de opiniões favorável, e continuará a fazê-lo até que a humanidade tenha entrado em um estágio de avanço intelectual o que atualmente parece estar a uma distância incalculável.

Temos até agora considerado apenas duas possibilidades: de que a opinião admitida pode ser falsa, e alguma outra opinião, por conseguinte, verdadeira; ou que, a opinião admitida sendo verdadeira, um conflito com o erro oposto seja essencial para uma compreensão clara e sentimento profundo de sua verdade.

Mas há um caso mais comum do que qualquer um destes;

quando as doutrinas conflitantes, em vez de ser uma verdadeira e a outra falsa, compartilham a verdade entre si e a opinião dissidente é necessária para suprir o resto da verdade da qual a doutrina admitida incorpora apenas uma parte.

Opiniões populares sobre assuntos não palpáveis ao sentido normalmente são verdadeiras, mas raramente ou nunca totalmente verdade.

Elas são uma parte da verdade; às vezes uma parte maior, às vezes uma menor, mas exagerada, destorcida, e desvinculada das verdades das quais deveria estar acompanhada e limitada.

Opiniões heréticas, por outro lado, são geralmente algumas destas verdades suprimidas ou negligenciadas, rompendo os vínculos que as reprimem ou buscando reconciliação com a verdade contida na opinião comum, ou enfrentando-a como inimigas, e arvorando-se, com similar exclusividade, como a verdade total.

O último caso é até agora o mais frequente, pois, na mente humana, uma unilateralidade tem sempre sido a regra, e múltiplas lateralidades, a exceção.

Por esta razão, mesmo em revoluções de opinião, uma parte da verdade usualmente estaciona enquanto a outra se ergue.

Mesmo o progresso, que deveria adicionar mais, para a maior parte apenas substitui uma verdade parcial e incompleta por outra; e o aperfeiçoamento, que consiste principalmente no fato de que o novo fragmento da verdade é mais desejado, mais adaptado às necessidades da época, do que aquele que ele substitui.

Assim sendo o caráter parcial de opiniões prevalecentes, mesmo quando repousa sobre um fundamento verdadeiro, mostra que toda opinião que incorpora um tanto da parte da verdade que a opinião comum omite, deve ser considerada preciosa qualquer que seja a quantidade de erro e confusão com que a verdade possa estar combinada.

Nenhum juiz sério de assuntos humanos se sentirá compelido a ficar indignado porque aqueles que nos impõem verdades que deveríamos de outra forma ter omitido, omitem algumas daquelas que notamos.

Em vez disso, ele achará que, contanto que a verdade popular seja unilateral, ela será mais desejável do que, por outro lado, aquela verdade popular que também deveria ter defensores unilaterais; dessa forma sendo usualmente o mais enérgico e o mais provável para compelir a atenção relutante do fragmento da sabedoria que eles proclamam como se fosse o todo.

Dessa forma, no século XVIII, quando quase todos os instruídos, e quase todos os não instruídos que eram conduzidos por eles, se encontravam perdidos na admiração do que chamamos civilização, e nas maravilhas da moderna ciência, literatura, e filosofia, dando demasiada importância à desigualdade entre os homens dos tempos modernos e aqueles dos tempos antigos, favoreciam a crença de que toda a diferença estava a seu próprio favor; com o que o conflito salutar fez com que os paradoxos de Rousseau[20] explodissem como bombas no centro, deslocando a massa compacta de uma opinião unilateral, e forçando seus elementos a se juntar novamente numa forma melhor e com ingredientes adicionais.

Não que as opiniões atuais estivessem no todo mais longe da verdade do que estavam as de Rousseau; pelo contrário, estavam próximas a ela; elas continham mais da verdade positiva, e muito menos do erro.

Contudo reside na doutrina de Rousseau e tem flutuado no fluxo de opiniões junto com ela, uma quantidade considerável exatamente daquelas verdades que a opinião popular desejava; e estas representam o sedimento que foi deixado para trás quando cessou a enchente.

O elevado valor da simplicidade da vida, o efeito debilitante e desmoralizador dos obstáculos e hipocrisias da sociedade artificial são ideias que nunca estiveram inteiramente ausentes das mentes cultas desde que Rousseau escreveu; e elas em tempo produzirão

(20) Jean-Jacques Rousseau (1712-1778), filósofo e crítico do Iluminismo francês (NT).

seu devido efeito, embora no presente necessitem ser defendidas mais do que nunca, e devem ser defendidas por ações, pois palavras, sobre tal assunto, quase exauriram seu poder.

Em política, novamente, é quase um lugar comum, que um partido de ordem ou estabilidade, e um partido de progresso ou reforma, sejam ambos elementos necessários para um estado saudável da vida; até que um ou o outro tenham ampliado tanto sua compreensão mental para que seja igualmente um partido de ordem e progresso, conhecendo e distinguindo o que é adequado para ser preservado do que deve ser varrido.

Cada um desses modos de pensar obtém sua utilidade a partir das deficiências do outro; mas é em grande parte a oposição do outro que mantém cada um dentro dos limites da razão e sanidade.

A menos que as opiniões favoráveis à democracia e à aristocracia, à propriedade e à igualdade, à cooperação e à competição, ao luxo e à abstinência, à liberdade e à disciplina, e a todos os outros antagonismos proeminentes da vida prática, sejam expressas com igual liberdade, e reforçadas e defendidas com igual talento e energia, não haverá nenhuma chance de que ambos os elementos obtenham seu direito; uma balança certamente subirá, e a outra descerá.

A verdade, nos grandes assuntos práticos da vida, é tão mais uma questão de reconciliar e combinar os opostos, que muito poucos têm mentes suficientemente capazes e imparciais para realizar os ajustes aproximando-os da precisão, e tem que ser realizado pelo processo bruto de uma luta entre combatentes lutando sob bandeiras hostis.

Sobre quaisquer das grandes questões abertas apenas manifestadas, se qualquer das suas opiniões tiver um apelo melhor do que a outra, não simplesmente para ser tolerada, mas para ser encorajada e favorecida, será esta opinião que por acaso em uma época e lugar em particular se encontrará em minoria.

Essa é a opinião, que sob as atuais circunstâncias, representa os interesses negligenciados, o lado do bem-estar humano que corre o risco de obter menos que sua parcela.

Estou ciente de que não há nesse país qualquer intolerância de diferenças de opinião sobre a maioria destes tópicos. Elas são citadas para mostrar com exemplos admitidos e múltiplos, a universalidade do fato, que apenas por meio da diversidade de opinião, há, no existente estado do intelecto humano, uma chance de honestidade com relação a todos os lados da verdade. Quando encontramos pessoas que formam uma exceção à aparente unanimidade do mundo sobre qualquer assunto, mesmo que o mundo esteja com a razão, é sempre provável que dissidentes tenham algo digno de ser ouvido que fale por eles, e que essa verdade perderia alguma coisa com seu silêncio.

Pode-se objetar, "Mas *alguns* princípios admitidos, principalmente sobre os mais elevados e mais vitais assuntos, são mais do que meias verdades. A moralidade cristã, por exemplo, representa toda a verdade sobre tal assunto e, se alguém ensina uma moralidade que dela se desvie, estará inteiramente errado".

Como este é de todos os casos o mais importante em prática, ninguém pode ser mais adequado para testar a máxima geral. Mas antes de declarar o que a moralidade cristã é ou não é, seria desejável decidir o que se entende por moralidade cristã.

Se ela significa a moralidade do Novo Testamento, fico imaginando que alguém que dele toma conhecimento a partir do próprio livro poderá supor que ele tenha sido anunciado, ou planejado, como uma completa doutrina de costumes.

O Evangelho sempre se refere a uma moralidade preexistente, e restringe seus preceitos às particularidades nas quais tal moralidade deveria ser corrigida, ou substituída por preceitos mais amplos e mais elevados, expressando-se, além disso, em termos mais gerais, frequentemente impossíveis de serem interpretados literalmente, possuindo mais propriamente a marca da poesia ou eloquência do que a precisão da legislação.

Para extrair dele a substância da doutrina ética, nunca será possível sem ampliá-lo a partir do Antigo Testamento, ou seja, a partir de um sistema elaborado de fato, mas em muitos aspectos bárbaro, e planejado apenas para povos incivilizados.

São Paulo, um inimigo declarado deste modo Judaico de interpretar a doutrina e empregar o esquema de seu Mestre, igualmente assume uma moralidade preexistente, a saber, aquelas dos gregos e romanos; e seu aviso aos cristãos é em grande parte um sistema de acomodação a isto; mesmo a ponto de fornecer uma aparente sanção à escravidão. O que é chamado de moralidade cristã, mas deveria ser mais propriamente chamada de teológica, não foi o trabalho do Cristo e dos Apóstolos, mas é de origem muito mais recente, tendo sido construída pela Igreja Católica dos primeiros cinco séculos, e embora não implicitamente adotada pelos modernos e protestantes, foi muito menos modificada por eles do que poderia se esperar.

Para a maior parte, de fato, eles têm se contentado em eliminar as contribuições que foram feitas a ela na idade média, cada seita suprindo o lugar por meio de novas contribuições adaptadas à sua própria natureza e tendências.

Que a humanidade tem uma grande dívida com esta moralidade, e com seus professores antigos, eu deveria ser a última pessoa a negar; mas não hesito em dizer que ela é, em muitos pontos importantes, incompleta e unilateral, e que a menos que ideias e sentimentos, não sancionados por ela. tivessem contribuído para a formação da vida e caráter europeus, os assuntos humanos teriam ficado em uma condição pior do que estão agora.

A moralidade cristã (assim chamada) tem todas as características de uma reação é, em grande parte, um protesto contra o paganismo. Seu ideal é mais negativo do que positivo; mais passivo do que ativo; tem mais inocência do que nobreza; mais abstinência do mal do que vigorosa busca do bem; em seus preceitos, (como tem sido bem dito) "tu não deverás" predomina de forma injustificada sobre "tu deverás".

Em seu horror à sensualidade, ela criou uma imagem de asceticismo, que tem gradualmente estado comprometida com uma imagem da legalidade. Ela sustenta a esperança do paraíso, e a ameaça do inferno, como os motivos estabelecidos e apropriados para uma vida virtuosa, que quando se aprofunda na vida melhor dos antigos e realiza o que nela existe para dá à moralidade um caráter essencialmente egoísta, desvinculando os sentimentos de dever de cada homem dos interesses de seus semelhantes, exceto na medida em que uma persuasão de autointeresse é oferecida a ele para examiná-los.

É essencialmente uma doutrina de obediência passiva, que inculta submissão a todas as autoridades estabelecidas; de fato não devemos obedecer ativamente quando a religião proíbe, mas não se deve opor resistência, muito menos rebelar-se contra, por qualquer quantidade de injustiça a nós mesmos.

E enquanto na moralidade das melhores nações pagãs, a obediência ao Estado representa um lugar desproporcionado, infringindo a liberdade justa do indivíduo, na ética puramente cristã, este grande departamento da obediência é quase nunca notado ou reconhecido.

É no Alcorão, não no Novo Testamento, que lemos a máxima: "Um governante que designa um homem a um ofício, quando existe em seus domínios um outro homem melhor qualificado para ele, peca contra Deus e contra o Estado".

O pouco reconhecimento que a ideia de obrigação para o povo obtém na moderna moralidade origina-se das fontes gregas e romanas, não das cristãs; assim também na moralidade da vida privada, o que quer que exista de senso de honra, origina-se do pensamento humano, não da parte religiosa de nossa educação, e nunca poderia ter brotado de um padrão de ética no qual o único valor, declaradamente reconhecido, é aquele da obediência.

Estou tão longe quanto qualquer pessoa de pretender que estes defeitos sejam necessariamente inerentes à ética cristã, de qualquer forma que possa ser concebida, ou que os muitos requisitos de uma doutrina moral completa que ela não contém, não admita estar reconciliada com ela.

Muito menos eu insinuaria isso das doutrinas e preceitos do próprio Cristo. Acredito que as afirmações de Cristo sejam uma totalidade, que consigo ver qualquer evidência de que elas tenham sido planejadas para ser assim; que elas são irreconciliáveis com qualquer coisa que uma moralidade abrangente exija; que tudo o que é excelente na ética pode ser trazido com elas, sem maior violência à sua linguagem do que tem sido atribuído a ela por todos os que têm tentado deduzir delas qualquer sistema prático de conduta, seja qual for.

Mas é bastante condizente com isto acreditar que elas contêm e foram planejadas para conter apenas uma parte da verdade; que muitos elementos essenciais da mais elevada moralidade estão dentre as coisas que não são fornecidas, e nem têm a intenção de ser fornecidas, nos discursos registrados do fundador do cristianismo, e que têm sido inteiramente desprezadas pela Igreja Cristã no sistema de ética erguido na base de tais discursos. E assim sendo, acho um grande erro persistir em tentar encontrar na doutrina cristã aquela norma completa para nossa conduta, a qual seu autor planejou para sancionar e reforçar, e ainda parcialmente para fornecer.

Acredito, também, que esta estreita teoria esteja se tornando um grave mal prático, depreciando grandemente o valor do treinamento e instrução morais, os quais muitas pessoas bem intencionadas estão agora finalmente se exercitando em promover. Receio muito que tentando formar a mente e sentimento sobre um tipo exclusivamente religioso, e descartando aqueles padrões seculares (por falta de um nome melhor que os possa denominar) com os que antigamente coexistiam e suplementavam a ética cristã, recebendo um pouco de seu espírito, e introduzindo nela alguns dos seus, resultará, e mesmo agora estar resultando em um tipo baixo, abjeto, servil de caráter, o qual, submisso ao que julga a vontade suprema, é incapaz de mostrar-se à altura ou concordar na concepção da bondade suprema.

Acredito que outras éticas diferentes de qualquer uma que possa ser desenvolvida a partir das fontes exclusivamente cristãs, devam existir lado a lado com a ética cristã para produzir a regeneração moral da humanidade; e que o sistema cristão não é exceção à regra, que em um estado imperfeito da mente humana, os interesses da verdade requerem uma diversidade de opiniões.

Não é necessário que ao deixar de ignorar as verdades morais não contidas no cristianismo, os homens devam ignorar quaisquer daquelas que ele não contém. Tal preconceito, ou omissão, quando ocorre, é de um modo geral um mal; do qual, porém, não podemos esperar estar sempre isentos, e deve ser considerado como o preço pago por um bem inestimável. A exclusiva pretensão produzida por uma parte da verdade para ser o todo deveria e deve ser protestada; e se um impulso reacionário deve tornar os protestadores injustos, por sua vez esta unilateralidade assim como a outra pode ser lamentada, mas deve ser tolerada.

Se os cristãos ensinaram os infiéis a serem justos com o cristianismo, eles próprios deveriam ser justos com a infidelidade. A verdade não pode fornecer nenhuma ajuda ao ignorar o fato, conhecido de todos os que têm o conhecimento mais comum da história literária, de que uma grande parte do mais nobre e mais valioso ensinamento moral tenha sido o trabalho, não apenas de homens que não conheciam, mas de homens que conheciam e rejeitaram a fé cristã.

Não pretendo que o uso mais ilimitado da liberdade de proclamar todas as opiniões possíveis colocaria um fim aos males do sectarismo religioso ou filosófico. Toda a verdade sobre os homens de capacidade estreita serem sérios deve certamente ser afirmada, indicada, e de muitas maneiras até mesmo influenciada, como se nenhuma outra verdade existisse no mundo, ou em todo o caso nenhuma que pudesse limitar ou qualificar a primeira.

Reconheço que a tendência de todas as opiniões de se tornarem sectárias não é curada pela mais livre discussão, mas é frequentemente intensificada e exacerbada por meio disso; a verdade é que deveria ter sido, mas não foi notada, sendo rejeitada o mais violentamente porque foi proclamada por pessoas consideradas oponentes. Mas não é sobre o sectário apaixonado, é sobre o mais calmo e mais desinteressado espectador, que este choque de opiniões produz seu efeito salutar. Não é o conflito violento entre partes da verdade, mas a calma supressão de metade dela, o enorme mal. Há sempre esperança quando as pessoas são forçadas a escutar ambos os lados; é quando elas prestam atenção apenas ao fato de que erros fortalecem preconceitos, e a própria verdade cessa de ter o efeito de verdade, sendo agravada na falsidade. E uma vez que há poucos atributos mentais mais raros do que aquele da faculdade judicial que pode julgar inteligentemente dois lados de uma questão, da qual apenas um é representado por um defensor perante ela, a verdade não teria nenhuma chance, mas proporcionalmente em todos os lados, toda opinião que incorpora qualquer fração da verdade, não apenas encontra defensores mas é tão defendida quanto ouvida.

Reconhecemos agora a necessidade para o bem-estar mental da humanidade (do qual depende todo o seu outro bem-estar) de liberdade de opinião, e liberdade de expressão de opinião, sobre quatro fundamentos distintos, os quais agora recapitularemos resumidamente.

Primeiro, se qualquer opinião é compelida a silenciar, tal opinião pode, e nós certamente sabemos, ser verdade. Negar isso é assumir nossa própria infalibilidade.

Segundo, embora a opinião silenciada seja errônea, ela pode, e muito geralmente o faz, conter uma parte da verdade; e uma vez que a opinião geral ou prevalecente sobre qualquer assunto seja raramente, ou nunca, a verdade inteira, é apenas por meio do conflito de opiniões adversas que o resto da verdade tem alguma chance de ser fornecida.

Terceiro, mesmo que a opinião admitida não seja apenas verdadeira, mas toda a verdade; a menos que sofra, e realmente sofre contestação vigorosa e séria, ela será pela maioria daqueles que a admitem, sustentada na forma de um preconceito, com pouca compreensão ou percepção de seus fundamentos racionais. E não apenas isso, mas em quarto lugar, o significado da doutrina em si se encontrará em perigo de perder-se, ou enfraquecer-se, e destituir-se de seu efeito vital sobre o caráter e a conduta tornando-se uma mera profissão formal, ineficaz para o bem, mas obstruindo o fundamento, e impedindo o crescimento de qualquer convicção real e sincera, a partir da razão ou experiência pessoal.

Antes de abandonar o assunto da liberdade de opinião, seria adequado tomar conhecimento daqueles que dizem, que a expressão livre de todas as opiniões deveria ser permitida, sob a condição de que o modo seja moderado, e não passe dos limites da discussão honesta. Muito poderá ser dito sobre a impossibilidade de fixar onde estes supostos limites devam ser colocados, pois se o método é a ofensa àqueles cujas opiniões são atacadas, acho que a experiência confirma que essa ofensa é dada sempre que o ataque é conhecido e poderoso, e que todo o oponente que os instiga, e há quem os instigue duramente, e há quem ache difícil responder, pois que lhes parecerá, se ele mostrar qualquer sentimento forte sobre o assunto, ser um oponente intemperado. Mas isso, embora seja uma consideração importante dentro de um ponto de vista prático, funde-se em uma objeção mais fundamental. Indubitavelmente a maneira de afirmar uma opinião, mesmo que embora seja verdadeira, pode ser muito censurável, e pode de forma justa incorrer em uma censura severa. As principais ofensas desse tipo são tais que é principalmente impossível, a menos que por autorrevelação acidental, introduzir a convicção.

A mais grave delas é, para argumentar com sofismas, suprimir fatos ou argumentos, expor de forma errada os elementos do caso ou deturpar a opinião oposta.

Mas tudo isso, mesmo no sentido mais exacerbado, é tão continuamente feito em perfeita boa-fé por pessoas que não são consideradas, em muitos outros aspectos e podem não merecer ser consideradas, ignorantes ou incompetentes, que é raramente possível, sobre fundamentos adequados conscientemente, caracterizar a deturpação como moralmente culpada; e ainda menos poderia a lei pretender interferir com esse tipo de má-conduta controversa.

Com respeito ao que geralmente se quer dizer por discussão intemperada, a saber injúria, sarcasmo, individualidade, e coisas assim, a ameaça dessas armas mereceria mais aprovação por mais que se propusesse interditá-las igualmente em ambos os lados; mas apenas se deseja restringir o emprego delas contra a opinião prevalecente: contra as não prevalecentes elas não podem ser utilizadas sem aprovação geral, mas serão provavelmente para obter para aquele que as utiliza o elogio de zelo sincero e indignação honrada. Ainda assim qualquer prejuízo que surja de seu uso será maior quando não empregadas contra as comparativamente indefesas; e que qualquer que seja a vantagem injusta que possa ser originada por qualquer opinião a partir dessa maneira de afirmá-la, cabe quase que exclusivamente para opiniões admitidas. A pior ofensa deste tipo que pode ser cometida por uma polêmica, é estigmatizar aqueles que têm opiniões contrárias como homens maus e imorais.

Para calúnia desse tipo aqueles que sustentam qualquer opinião impopular estão particularmente expostos, porque são em geral poucos e sem influência, e ninguém a não ser eles próprios se sentem muito interessados em que se faça justiça a eles; mas esta arma é, a partir da natureza do caso, negada àqueles que atacam uma opinião prevalecente; eles nem a podem utilizar com segurança para eles próprios, nem, se puderem, ela faria qualquer coisa a não ser recuar em sua própria causa.

Em geral, opiniões contrárias àquelas comumente admitidas podem apenas ser ouvidas com moderação estudada da linguagem, e a mais cuidadosa prevenção de ofensas desnecessárias, das quais elas quase nunca divergem mesmo em um leve ponto sem perder fundamento: a desmedida injúria empregada no lado da opinião prevalecente realmente impede as pessoas de professar opiniões contrárias, e realmente de escutar àqueles que a professam.

Para o interesse, portanto, da verdade e justiça, é mais importante restringir este uso de linguagem injuriosa do que a outra; e, por exemplo, se fosse necessário escolher, haveria muito mais necessidade de desencorajar ataques ofensivos sobre a infidelidade, do que sobre a religião.

É, contudo, óbvio que a lei e a autoridade não têm direito de restringir uma ou outra, enquanto a opinião deve, em qualquer caso, determinar seu veredicto de acordo com as circunstâncias do caso individual, condenando a todos, não importa em que lado do argumento ele se coloque, em cujo modo de defesa ou a falta de sinceridade, ou perversidade, fanatismo, ou intolerância de sentimento manifestarem-se. Não se deve concluir estes vícios a partir do lado que uma pessoa escolhe, embora seja o lado da questão contrário à nossa, mas sim, dando honra merecida a todo aquele, qualquer que seja a opinião, que tenha calma para ver e possa honestamente afirmar o que seus oponentes e suas opiniões realmente são, não aumentando em nada com a intenção de desacreditá-los, não silenciando nada que diga, ou que possa dizer a seu favor.

Esta é a real moralidade da discussão pública: mesmo que frequentemente violada, fico feliz em achar que há muitos controversistas que em grande parte observam essa questão, e ainda um número maior que conscientemente luta contra isso.

III – A Individualidade, como um dos Elementos do Bem-Estar

Assim sendo as razões que tornam imperativo que os seres humanos devam ser livres para formar opiniões, e para expressá-las sem reserva; desse modo as consequências perniciosas ao intelectual e, por sua vez, à natureza moral do homem, a menos que essa liberdade seja ou reconhecida, ou afirmada apesar da proibição, devem ser examinadas de modo a se saber se as mesmas razões não exigem que os homens devam ser livres para influenciar suas convicções – para realizá-las em suas vidas, sem impedimento, seja físico ou moral de seus semelhantes, contanto que seja por conta de seu próprio risco e perigo.

Esta última condição é obviamente indispensável. Ninguém pretende que as ações devam ser tão livres quanto as opiniões. Pelo contrário, mesmo as opiniões perdem sua imunidade, quando as circunstâncias em que são expressas são tais que constituem sua expressão em uma instigação positiva a algum ato prejudicial. Uma opinião de que mercadores de milho subjugam pela fome os pobres, ou que a propriedade privada seja roubo, não deveria ser molestada quando simplesmente circulava através da multidão, mas poderia justamente incorrer em punição quando proferida oralmente para uma plebe excitada reunida na frente da casa de um mercador de milho, ou quando entregue de mão em mão dentre a mesma plebe na forma de um cartaz.

Atos, de qualquer tipo que sejam, os quais, sem causa justificável, prejudiquem os outros, podem ser, e nos casos mais importantes exigem ser, controlados pelos sentimentos desfavoráveis, e, quando necessário, pela interferência ativa da humanidade.

A liberdade do indivíduo deve dessa forma ser em grande parte limitada; ele não deve fazer de si um incômodo para outras pessoas.

Mas se ele se abstém de molestar outros naquilo que lhes interessa, e simplesmente age de acordo com sua própria inclinação e julgamento nas coisas que concernem a ele próprio; as mesmas razões que mostram que a opinião deve ser livre, também prova que ele deveria ter permissão, sem molestamento, de colocar suas opiniões em prática por sua própria conta.

A humanidade não é infalível; suas verdades, para a maior parte, são apenas meias verdades; a unidade de opinião, a menos que resultante da mais completa e mais livre comparação de opiniões opostas, não é desejável, e a diversidade não é um mal, mas um bem, até que a humanidade seja muito mais capaz do que atualmente de reconhecer todos os lados da verdade; são princípios aplicáveis aos modos de ação dos homens, não menos do que às suas opiniões.

Assim como é útil que enquanto a humanidade é imperfeita deva haver diferentes opiniões, da mesma forma deve haver diferentes experiências de vida; um livre espaço deve ser dado às variedades de caráter, sem dano a outros; o valor de diferentes modos de vida deve ser provado de forma prática, quando qualquer pessoa ache adequado experimentá-los.

É desejável, em suma, que em assuntos que não concernem principalmente aos outros, a individualidade deva se declarar.

Onde, não o próprio caráter da pessoa, mas as tradições ou costumes de outras pessoas sejam a regra de conduta, há a falta de um dos principais ingredientes da felicidade humana, e bastante do principal ingrediente de progresso individual e social.

Ao manter esse princípio, a maior dificuldade a ser encontrada não está na avaliação de meios em direção a uma finalidade reconhecida, mas na indiferença das pessoas em geral com relação à finalidade em si.

Se fosse sentido que o livre desenvolvimento da individualidade é um dos principais elementos indispensáveis para o bem-estar, e não apenas um elemento coordenado com tudo aquilo o que é designado pelos termos civilização, instrução, educação, cultura, que ele próprio é uma parte com condições necessárias para todas aquelas coisas, não haveria nenhum perigo que a liberdade devesse ser subestimada, e o ajuste das fronteiras entre ela e o controle social não apresentaria nenhuma dificuldade extraordinária.

Mas o mal é que a espontaneidade individual não é bem reconhecida pelos modos comuns de pensar, como tendo um valor intrínseco, ou merecendo qualquer consideração por sua própria conta.

A maioria estando satisfeita com os caminhos da humanidade como estão agora (pois é ela que faz com que sejam como são), não pode compreender por que tais caminhos não devam ser bons o suficiente para todos; e mais, a espontaneidade não faz parte do ideal da maioria dos reformadores morais e sociais, mas é antes vista com ciúme, como incômodo e talvez obstrução rebelde à aceitação geral daquilo que estes reformadores, em seu próprio julgamento, acham que seria o melhor para a humanidade.

Poucas pessoas fora da Alemanha, nem mesmo compreendem o significado da doutrina que Wilhelm von Humboldt, tão eminente como cientista quanto como político, que criou o texto de um tratado – que "o fim do homem, ou aquele que é determinado pelos preceitos eternos e imutáveis da razão, e não sugerido por desejos vagos e passageiros, é o mais elevado e mais harmonioso desenvolvimento de seus poderes para um todo completo e consistente"; portanto, o objetivo "em direção ao qual todo ser humano deve incessantemente direcionar seus esforços, e sobre os quais especialmente aqueles que tencionam influenciar seus semelhantes devem sempre vigiar, é a individualidade de poder e desenvolvimento"; para isso há dois requisitos: "liberdade e variedade de situações"; a partir da união destes surge "vigor individual e diversidade múltipla", que se combinam em "originalidade"[(21)].

---

(21) *A esfera e obrigações do governo,* do barão Wilhelm von Humboldt, p. 11-13.

Contudo, as pessoas estão pouco acostumadas a uma doutrina como a de von Humboldt, e tão surpreendente quanto lhes possa parecer achar tanto valor vinculado à individualidade, que a questão, alguém deve todavia achar, pode apenas ser de proporção.

A ideia em relação à excelência de conduta é que as pessoas não deveriam absolutamente fazer nada exceto copiar umas às outras.

Ninguém afirmaria que as pessoas não deveriam introduzir em seu modo de vida, e na conduta de seus interesses, qualquer indicação que fosse de seu próprio julgamento e de seu próprio caráter individual.

Por outro lado, seria absurdo tencionar que as pessoas devessem viver como se nada tivesse sido conhecido no mundo antes de elas virem a ele; como se a experiência tivesse até agora realizado nada a fim de mostrar que o modo de existência, ou de conduta, é preferível a um outro.

Ninguém nega que as pessoas devem ser ensinadas e treinadas na juventude, a fim de conhecer e beneficiar-se dos resultados apurados da experiência humana.

Mas é a prerrogativa e a condição adequada de um ser humano, que alcançou a maturidade de suas faculdades, de usar e interpretar a experiência à sua própria maneira. Ele deve descobrir que parte da experiência registrada é adequadamente aplicável a sua própria situação e caráter.

A tradição e os costumes de outras pessoas são, até certo ponto, prova do que sua experiência ensinou; em primeiro lugar, sua experiência pode ser estreita demais ou elas podem não tê-la interpretado corretamente.

Em segundo lugar, sua interpretação da experiência pode estar correta, mas inadequada para ele.

Os costumes são produzidos para situações usuais, e personalidades usuais; as circunstâncias dele ou sua personalidade pode não ser usual. Em terceiro lugar, embora os costumes sejam tão bons como costumes, e adequados a ele, ainda sim o fato de estar de acordo com os costumes, simplesmente como costumes, não educa ou desenvolve nele quaisquer das qualidades que são o dom distinto de um ser humano. As faculdades de percepção, julgamento, sentimento discriminativo, atividade mental, e até mesmo preferência moral, são exercidas apenas ao realizar uma escolha.

Aquele que faz qualquer coisa porque é o costume, não faz nenhuma escolha. Ele não ganha nenhuma prática seja em discernir ou em desejar o que é o melhor.

Os poderes mentais e morais, assim como o muscular, são aprimorados apenas por meio de seu uso. Não se exige que as faculdades sejam exercitadas fazendo uma coisa simplesmente porque outros a fazem, não mais do que acreditando em algo somente porque outros acreditam.

Se os fundamentos de uma opinião não são conclusivos para a própria razão da pessoa, sua razão não poderá ser fortalecida, mas deverá provavelmente ser enfraquecida, por ele adotá-la: e se as instigações a um ato não são tais quanto são unânimes para seus próprios sentimentos e caráter (onde o sentimento, ou os direitos de outros, não dizem respeito) muito é realizado para tornar seus sentimentos e caráter inertes e entorpecidos, ao invés de ativos e vigorosos.

Aquele que permite que o mundo, ou sua própria parte deste, escolha seu plano de vida para ele, não tem nenhuma necessidade a qualquer outra faculdade a não ser aquela da imitação dos símios.

Aquele que escolhe seu plano, emprega todas as suas faculdades. Ele deve usar a observação para ver, o raciocínio e o julgamento para prever, a atividade para juntar materiais para a decisão, discriminação para decidir, e quando houver decidido, firmeza e autocontrole para sustentar sua decisão deliberada.

E estas qualidades ele requer e exercita proporcionalmente como a parte de sua conduta, que ele determina ser uma grande parte de acordo com seu próprio julgamento e sentimentos.

É possível que ele seja guiado em algum bom caminho, e seja mantido afastado do caminho do mal, sem quaisquer uma destas coisas.

Mas qual será seu valor comparativo como um ser humano?

É realmente de importância, não apenas o que os homens fazem, mas também que gênero de homens o fazem.

Dentre as obras do homem, a qual a vida humana é corretamente empregada em aperfeiçoar e embelezar, a primeira em importância, certamente é o próprio homem. Imaginando que fosse possível que as casas pudessem ser constituídas, o milho cultivado, as batalhas guerreadas, as causas demandadas, e mesmo as igrejas erguidas e as preces ditas, por máquinas – por autômatos em forma humana – seria uma perda considerável trocar por estes autômatos mesmo os homens e mulheres que atualmente habitam as partes mais civilizadas do mundo, e que seguramente são senão espécimes famintos daquilo que a natureza pode produzir e produzirá. A natureza humana não é uma máquina a ser construída a partir de um modelo, e determinada para fazer exatamente o trabalho a ela atribuído, mas uma árvore que necessita crescer e desenvolver-se para todos os lados, de acordo com a tendência das forças interiores que fazem dela algo vivo. Provavelmente será admitido que é desejável que as pessoas exercitem seus conhecimentos, e que uma maneira inteligente de seguir o costume ou até mesmo ocasionalmente uma maneira inteligente de se afastar do costume, é melhor do que uma adesão cega e simplesmente mecânica a ele.

Até certo ponto admite-se que nossa compreensão deve ser própria do homem: mas não há a mesma disposição em admitir que nossos desejos e impulsos devam ser da mesma forma nossos; ou para aceitar que possuir impulsos autônomos, e de qualquer intensidade, não seja um risco e uma cilada. Ainda sim os desejos e impulsos são tanto uma parte do ser humano perfeito, como de crenças e limitações: e impulsos fortes são apenas perigosos quando não adequadamente equilibrados; um conjunto de metas e inclinações é desenvolvido com intensidade, enquanto outros, que deveriam coexistir com eles, permanecem fracos e imaturos. Não é porque os desejos dos homens são fortes que eles agem mal, mas porque sua consciência é fraca. Não há nenhuma conexão natural entre impulsos fortes e uma consciência fraca. A conexão natural é o outro modo. Dizer que os desejos e os sentimentos de uma pessoa são mais fortes e mais variados do que aqueles de uma outra, é meramente dizer que ela possui mais da matéria-prima da natureza humana, e é, portanto, capaz, talvez, de mais mal, mas certamente de maior bem.

Fortes impulsos não são senão um outro nome para energia. Energia pode ser transformada em maus usos, mas muitos benefícios podem ser sempre realizados a partir de uma natureza vigorosa, do que de uma indolente e impassiva.

Aqueles que têm o mais natural sentimento, são sempre aqueles cujos sentimentos cultivados podem se transformar nos mais fortes. As mesmas suscetibilidades fortes que tornam os impulsos pessoais vívidos e poderosos são também a fonte de onde são gerados o amor mais ardente de virtude e o mais rigoroso autocontrole.

É por meio do desenvolvimento destes, que a sociedade tanto realiza seu trabalho quanto protege seus interesses; não rejeitando a substância com a qual os heróis são produzidos porque ela não sabe como produzi-los.

Diz-se de uma pessoa cujos desejos e impulsos são seus próprios – são a expressão de sua própria natureza, como foi desenvolvida e modificada por sua própria cultura – que ela possui uma personalidade.

Aquele cujos desejos e impulsos não são seus próprios, não possui nenhuma personalidade, não mais do que uma máquina a vapor possui personalidade.

Se, além de ser dele mesmo, seus impulsos forem fortes, e estiverem sob o domínio de uma vontade forte, ele então possui uma personalidade vigorosa.

Quem quer que ache que a individualidade de desejos e impulsos não deva ser encorajada para expor a si próprio, deve sustentar que a sociedade não tem nenhuma necessidade de naturezas fortes – que não é a melhor por conter muitas pessoas que têm muita personalidade e uma alta média geral de energia não desejável.

Em alguns estágios antigos da sociedade, estas forças podiam estar, e foram, muito além do poder o qual a sociedade então possuía de discipliná-las e controlá-las.

Houve um tempo em que o elemento da espontaneidade e individualidade era demais, e o princípio social travava uma luta dura com ele.

A dificuldade era induzir os homens de corpos ou mentes fortes a prestar obediência a quaisquer regras que exigissem que eles controlassem seus impulsos.

Para superar essa dificuldade, lei e disciplina, como os papas lutando contra os imperadores, declararam um poder sobre todo homem, requerendo controlar toda a sua vida a fim de controlar sua personalidade – com a qual a sociedade não havia encontrado quaisquer outros meios suficientes de ligação.

Mas a sociedade agora obteve completamente o melhor da individualidade; e o perigo que ameaça a natureza humana não é o excesso, mas a deficiência de impulsos e preferências pessoais.

As coisas são amplamente alteradas, uma vez que as paixões daqueles que eram fortes por posição social ou por dom pessoal se encontravam em um estado de rebelião habitual contra leis e decretos e exigidos para serem rigorosamente acorrentados a fim de capacitar as pessoas ao seu alcance a desfrutar de qualquer pequena cota de segurança.

Em nossas épocas, da mais alta classe da sociedade até a mais baixa, todos vivem como se estivessem sob o olhar de uma censura hostil e tímida. Não apenas naquilo que concerne aos outros, mas naquilo que concerne apenas a ele próprios o indivíduo ou a família não se perguntam – o que eu prefiro?

Ou, o que seria conveniente a minha personalidade e disposição?

Ou, o que possibilitaria o melhor e mais elevado em mim a fim de ter uma conduta honesta e possibilitar que ela cresça e prospere? Eles se perguntam o que é adequado à minha posição? O que é usualmente feito por pessoas da minha posição social e situação financeira? Ou (pior ainda) o que é usualmente feito por pessoas de uma posição social e situação superiores a minha?

Não quero dizer que elas escolhem o que é costumeiro, em preferência ao que é adequado à sua própria inclinação.

Não lhes ocorre ter qualquer inclinação, exceto pelo que é costumeiro.

Dessa forma a própria mente é submetida ao jugo: mesmo naquilo que as pessoas fazem por prazer, submissão é a primeira coisa que elas pensam; elas escolhem apenas dentre coisas comumente feitas:

peculiaridade de gosto e excentricidade de conduta são afastadas junto com os crimes; até que por força de não seguir sua própria natureza, eles não tenham nenhuma natureza para seguir: suas capacidades humanas estão debilitadas e famintas. Tornam-se incapazes de qualquer desejo forte ou prazer natos, e estão geralmente sem opiniões ou sentimentos de crescimento expressivo, ou propriamente seus. Agora isto é ou não é a condição desejável da natureza humana?

É dessa forma, na teoria calvinista. De acordo com ela, a única grande ofensa do homem é autodeterminação.

Todo o bem do qual a humanidade é capaz, está compreendido na obediência. Você não tem nenhuma escolha; dessa forma você deve fazer, e não de outra maneira: "o que quer que não seja uma obrigação, é um pecado". Sendo a natureza humana radicalmente corrupta não haverá nenhuma redenção de qualquer pessoa até que a natureza humana esteja morta dentro dela.

Para aquele que sustenta essa teoria de vida, reprimir quaisquer das faculdades, capacidades, e suscetibilidades humanas, não é nenhum mal: o homem não precisa de nenhuma capacidade, exceto aquela de render-se à vontade de Deus: e se ele usar qualquer uma de suas faculdades para qualquer outro propósito que não seja realizar aquela suposta vontade mais efetivamente, ele ficará melhor sem elas.

Esta é a teoria do calvinismo; e é sustentada de uma forma abrandada, por muitos que não se consideram calvinistas; o abrandamento consiste em fornecer uma interpretação menor devota à suposta vontade de Deus; declarando-a ser sua vontade que a humanidade deve satisfazer algumas de suas tendências; claro que não na maneira que ela própria prefere, mas em forma de obediência, ou seja, de uma forma prescrita a ela pela autoridade; e, portanto, nas necessárias condições do caso, a mesma para todos.

De alguma forma um tanto traiçoeira há atualmente uma forte tendência a esta estreita teoria de vida, e ao aflito e mesquinho tipo de caráter humano que ela favorece.

Muitas pessoas, sem dúvida, sinceramente acham que os seres

humanos dessa forma, limitados e tolhidos, são como o seu Criador os projetou para ser; exatamente como muitos têm achado que as árvores são coisas muito mais belas quando podadas, ou aparadas como figuras de animais, do que como as fez a natureza.

Faz parte da religião acreditar, que este Ser deu todas as faculdades humanas que poderiam ser cultivadas e desenvolvidas, não extirpadas e consumidas, e que ele se deleita em cada abordagem mais próxima feita por suas criaturas à concepção ideal nelas incorporada, cada melhoria em qualquer de suas aptidões de compreensão, de ação, ou de prazer.

Há um tipo de excelência humana diferente da calvinista; uma concepção de humanidade que tem conferido sua natureza a ela para outros propósitos do que simplesmente ser abnegada.

"A afirmação pagã de si próprio" é um dos elementos do valor humano, assim como "a autonegação cristã"[(22)].

Há um ideal grego de autodesenvolvimento, com o qual o ideal platônico e cristão de autogoverno mistura-se, mas não o substitui.

Pode ser melhor ser um John Knox do que um Alcebíades, mas é melhor ser um Péricles do que um ou outro[(23)]; nem seria um Péricles, se houvesse um nos dias de hoje, sem algo de bom que pertencesse a John Knox.

Não é desgastando a uniformidade de tudo aquilo que é individual neles mesmos, mas cultivando tal individualidade e trazendo-a à tona dentro dos limites impostos pelos direitos e interesses de outros, que os seres humanos tornam-se um nobre e belo objeto de contemplação; e como as obras participam do caráter daqueles que as realizam, por meio do mesmo processo a vida humana também se torna rica, diversificada, e estimulante, fornecendo alimento mais abundante aos pensamentos elevados e elevando os sentimentos, além de fortalecer o laço que une cada indivíduo à raça, fazendo com que seja infinitamente melhor valer a pena pertencer a ela. Proporcionalmente ao desenvolvimento de sua

(22) *Ensaios,* de Sterling.

(23) Alcibíades (450-404a.C.) era um estadista ateniense notório por seus deboches; Péricles (495-429 a.C.) foi um estadista ateniense famoso por sua moderação (NT).

individualidade, cada pessoa torna-se mais valiosa para si mesma, e é, portanto, capaz de ser mais valiosa para os outros.

Há uma grande abundância de vida acerca de sua própria existência, e havendo mais vida nas unidades, haverá mais vida na massa da qual elas são compostas. Não se pode prescindir da compreensão necessária para evitar que os espécimes mais fortes da natureza humana desrespeitem os direitos de outros; mas para isto há uma ampla compensação mesmo no ponto de vista do desenvolvimento humano.

Os meios de desenvolvimento que o indivíduo perde ao ser impedido de satisfazer suas tendências em detrimento de outros, são principalmente obtidos à custa do desenvolvimento de outras pessoas.

E mesmo para ele próprio há uma equivalência satisfatória no melhor desenvolvimento da parte social de sua natureza, possivelmente conferida pela limitação estabelecida da parte egoísta.

Para estar sujeito às rígidas normas da justiça em razão de outros, o indivíduo desenvolve os sentimentos e as capacidades que têm o benefício alheio como seu objetivo.

Mas para estar contido em coisas que não afetem o bem-estar deles, de seu mero desprazer, ele não desenvolve nada valioso, exceto tal força de caráter que pode revelar-se ao resistir à restrição.

Se consentido, ela embota e torna áspera toda a natureza.

Para fornecer qualquer expansão da natureza de cada um, é essencial que diferentes pessoas devam poder levar vidas diferentes. Na medida em que essa amplitude tem sido exercida em qualquer época, cada uma tem sido digna de nota para a posteridade.

Mesmo o despotismo não produz seus piores efeitos, contanto que a individualidade exista sob ele; e o que quer que reprima a individualidade é despotismo, qualquer que seja sua denominação, e quer ele professe estar reforçando a vontade de Deus ou as injunções dos homens.

Havendo dito que a individualidade é a mesma coisa que o desenvolvimento, e que é apenas o cultivo da individualidade que produz, ou pode produzir, seres humanos bem desenvolvidos, poderei aqui encerrar o argumento, pois o que mais e melhor pode ser dito de qualquer condição dos assuntos humanos, do que aquilo que aproxima os próprios seres humanos da melhor coisa que eles podem ser? Ou o que de pior pode ser dito de qualquer obstrução ao bem, do que o fato de que ele o evita?

Sem dúvida, contudo, essas considerações não serão suficientes para convencer aqueles que mais necessitam de convencimento; é necessário posteriormente mostrar que esses seres humanos desenvolvidos são de alguma utilidade aos não desenvolvidos – mostrar àqueles que não desejam a liberdade, e não se beneficiariam dela, que podem ser, de alguma forma abrangente, recompensados por permitir que outras pessoas façam uso dessa liberdade sem impedimento. Em primeiro lugar, então, eu sugeriria que eles pudessem possivelmente aprender algo com essas pessoas.

Não será negado por ninguém, que a originalidade é um elemento valioso nos assuntos humanos.

Há sempre necessidade de pessoas não apenas para descobrir novas verdades, e apontá-las quando antes eram verdades e não são mais verdadeiras, mas também para iniciar novas práticas, e estabelecer o exemplo da conduta mais culta, e melhor gosto e senso na vida humana.

Isto não pode ser contradito por qualquer pessoa que não acredita que o mundo já tenha atingido a perfeição em todos os modos e práticas.

É verdade que esse benefício não possa ser prestado por todos da mesma maneira: há, porém, poucas pessoas, em comparação com a humanidade inteira, cujos experimentos, se adotados por outros, representariam provavelmente qualquer melhoria sobre a prática estabelecida.

Mas essas poucas pessoas são sal da terra; sem elas, a vida humana tornar-se-ia uma poça estagnada. Não são elas apenas que introduzem boas coisas que não existiam antes; são elas que mantêm a vida naquelas que já existiram.

Se não houvesse nada novo a ser feito, deixaria o intelecto humano de ser necessário? Seria o motivo pelo qual aqueles que fazem as coisas antigas esquecer por que elas são feitas, e as fazem como gado, não como seres humanos?

Há mais do que uma tendência excessiva nas melhores crenças e práticas para degenerar para o mecânico; e a menos que houvesse uma série de pessoas cuja originalidade constantemente recorrente impedisse que os fundamentos de tais crenças e práticas de tornarem-se meramente tradicionais, tal assunto inerte não resistiria ao menor choque originado de qualquer coisa realmente viva, e não haveria nenhuma razão pela qual a civilização não devesse extinguir-se, como no Império Bizantino.

Pessoas talentosas, é verdade, são, e provavelmente sempre serão, uma pequena minoria; mas a fim de tê-las, é necessário preservar o solo no qual elas crescem. Os gênios podem apenas respirar livremente em uma atmosfera de liberdade.

Pessoas talentosas são, *ex vi termini*, mais individuais do que quaisquer outras pessoas – menos capazes, por conseguinte, de se adaptar, sem compressão prejudicial a qualquer pequeno número de moldes que a sociedade fornece a fim de poupar seus membros do incômodo de formar suas próprias personalidades.

Se por causa da timidez eles consentirem em ser forçados a um desses moldes, e deixarem que toda aquela parte de si mesmos que não pode expandir sob pressão permaneça inexpandível, a sociedade será um pouco melhor para seus gênios.

Se eles forem de caráter forte e romperem seus grilhões, tornar-se-ão uma marca para a sociedade que não conseguiu reduzi-los ao lugar comum, de apontá-los com solene advertência como "selvagem", "errante", e outras coisas semelhantes; como se alguém devesse se queixar do rio Niágara por não correr suavemente entre suas margens como um canal holandês.

Dessa forma insisto enfaticamente sobre a importância do talento, e a necessidade de permitir que se revele livremente tanto em pensamento quanto em prática, estando bem ciente de que ninguém negará essa posição em teoria, mas também sabendo que quase todo mundo, na realidade, é totalmente indiferente a isso. As pessoas acham que o talento é uma coisa bela que possibilita ao homem escrever um poema excitante, ou pintar um quadro.

Mas em seu sentido verdadeiro, ele dá originalidade ao pensamento e à ação; embora ninguém diga que não seja uma coisa a ser admirada, quase todos, no fundo, acham que podem passar muito bem sem ele. Infelizmente isto é natural demais para se admirar. A originalidade é a única coisa da qual as mentes não originais não podem sentir a utilidade. Elas não conseguem ver o que deve fazer por elas: como deveriam?

Se elas pudessem ver , não seria originalidade. O primeiro serviço que a originalidade tem que prestar, então, é aquele de abrir seus olhos: que sendo uma vez completamente realizado, teriam uma chance de elas mesmas serem originais. Enquanto isso, relembrando que nada jamais foi feito que alguém não tenha sido o primeiro a fazer, e que todas as coisas boas que existem são os frutos da originalidade, que sejam modestas o suficiente para acreditar que ainda há algo para ser realizado, e assegurem-se de que quanto mais necessidade de originalidade tiverem, menos terão consciência de sua falta. Com exatidão racional, qualquer que seja a homenagem que possa ser professada, ou até mesmo rendida, à suposta superioridade mental, a tendência geral das coisas por todo o mundo é conferir mediocridade ao poder ascendente dentre a humanidade.

Na história antiga, na Idade Média, em um grau reduzido, da longa transição do feudalismo até a época atual, o indivíduo era por si só um poder; e se ele tivesse ou grandes talentos ou uma alta posição social, ele detinha um poder considerável.

Atualmente os indivíduos estão perdidos na multidão. Em política é quase sempre uma trivialidade dizer que a opinião pública agora governa o mundo.

O único poder que merece tal nome é aquele das massas, e dos governos enquanto eles fazem deles próprios o órgão das tendências e instintos das massas. Isto é tão verdadeiro nas relações morais e sociais da vida privada quanto nas transações públicas.

Aqueles cujas opiniões são conhecidas pelo nome de opinião pública, não sempre o mesmo tipo de público: na América eles são toda a população branca; na Inglaterra, principalmente a classe média. Mas são sempre uma massa, o que quer dizer mediocridade coletiva.

E o que ainda é uma grande novidade, a massa agora não retira suas opiniões dos dignitários na Igreja ou Estado, de líderes ostensivos ou de livros. Sua opinião é formada para eles por homens muito mais como eles próprios, e dirigindo-se a eles ou falando em seu nome, no impulso do momento, por intermédio dos jornais. Não estou me queixando de tudo isso.

Não defendo que qualquer coisa melhor seja compatível, como uma regra geral, com o atual estado inferior da mente humana. Mas isso não impede que o governo da mediocridade seja um governo medíocre.

Nenhum governo por ser uma democracia ou uma aristocracia numerosa, ou em seus atos políticos, ou nas opiniões, qualidades, e caráter de pensamento que ele alimenta, pôde erguer-se, e jamais o fez, sobre a mediocridade até aqui, exceto na soberania.

Muitos têm se deixado guiar (o que em suas melhores épocas eles sempre fizeram) pelos conselhos e influência de um ou poucos mais altamente dotados e instruídos. A iniciação de todas as coisas sábias ou nobres vem e deve vir de indivíduos; geralmente a partir de um indivíduo.

A honra e glória do homem médio estão na capacidade de seguir tal iniciativa; de poder responder internamente a coisas sábias e nobres, e ser guiado até elas com seus olhos abertos.

Não estou favorecendo o tipo de "culto ao herói" que aplaude o homem forte de talento por apoderar-se forçosamente do governo do mundo e o faz realizar seu mandado apesar dele próprio.

Tudo o que ele pode reivindicar é liberdade para mostrar o caminho. O poder de obrigar outros a isto, não é apenas inconsistente com a liberdade e o desenvolvimento de todo o resto, mas corruptor do próprio homem forte. Não parece, contudo, que quando as opiniões das massas de homens meramente médios estão em todos os lugares a se tornar ou tornando-se o poder dominante, o equilíbrio e corretivo a tal tendência seria a individualidade cada vez mais anunciada daqueles que se mantêm firmes nas mais elevadas eminências de pensamento.

São nessas circunstâncias que os indivíduos excepcionais, em vez de serem impedidos, deveriam ser encorajados a agir diferentemente da massa.

Em outras épocas não havia nenhuma vantagem que eles assim o fizessem, a menos que agissem não apenas diferentemente, mas melhor.

Nessa época, o mero exemplo de não conformidade, a mera recusa de submeter-se ao costume, era em si um serviço. Precisamente porque a tirania de opinião é tal a ponto de tornar a excentricidade uma censura, é desejável, a fim de romper com essa tirania, que as pessoas devam ser excêntricas.

A excentricidade sempre existiu em abundância quando e onde existia maior força de caráter; e a quantidade de excentricidade em uma sociedade sempre foi proporcional à quantidade de talento, vigor mental e coragem moral que ela contém.

Agora o fato de tão poucos ousarem ser excêntricos, marca o principal perigo da época. Tenho dito que é importante fornecer o mais livre espaço possível para coisas não costumeiras a fim de que se possa em tempo tornar-se aparente quais delas são adequadas para ser convertidas em costumes.

Mas, independência de ação e negligência de costume não são unicamente merecedores de encorajamento pela oportunidade que elas proporcionam de que melhores modos de ação e costumes mais merecedores de adoção geral possam ser planejados; nem são apenas pessoas de superioridade mental decidida que têm um justo apelo para levar suas vidas a seu próprio modo.

Não há razão para que toda existência humana deva ser construída sobre alguém ou algum pequeno número de padrões. Se uma pessoa possui algum nível tolerável de senso comum e experiência, seu próprio modo de dispor de sua existência é o melhor, não porque seja o melhor em si, mas porque é seu próprio modo.

Os seres humanos não são como carneiros; e mesmo os carneiros não são indistinguivelmente semelhantes.

Um homem não pode comprar um casaco ou um par de botas que lhe sirvam, a menos que sejam feitos conforme suas medidas, ou ele possa escolher em um estabelecimento comercial: e é mais fácil adequá-lo a uma vida do que a um casaco, ou são os seres humanos mais parecidos uns com os outros em sua inteira conformação física e espiritual do que na forma de seus pés?

Se fosse apenas porque aquelas pessoas têm diversidades de gosto, isto seria razão suficiente para não tentar moldá-las a partir de um modelo.

Entretanto, diferentes pessoas requerem também diferentes condições para seu desenvolvimento espiritual; e não podem existir saudavelmente na mesma condição moral, mais do que pode toda a variedade de plantas na mesma atmosfera a clima físicos. As mesmas coisas que são ajuda para uma pessoa em relação ao cultivo de sua mais elevada natureza, são impedimentos para outra.

O mesmo modo de vida é um excitamento saudável para um, mantendo todas as suas faculdades de ação e prazer em sua melhor disposição, enquanto para um outro é uma carga perturbadora que suspende ou esmaga toda a vida interna. Tais são as diferenças dentre os seres humanos em suas fontes de prazer, suas suscetibilidades à dor, e à ação sobre elas de diferentes meios físicos e morais, que a menos que haja respectiva diversidade em seus modos de vida, eles nem obtêm sua cota justa de felicidade, nem crescem até a estatura mental, moral, estética da qual sua natureza é capaz.

Por que então deveria a tolerância, até onde concerne ao sentimento público, se estender apenas a gostos e modos de vida que arrebatam com descendência da multidão de seus adeptos?

Em nenhum lugar (exceto nas instituições monárquicas) é a diversidade de gostos inteiramente não reconhecida; uma pessoa pode, sem culpa gostar ou não gostar de remo, ou fumo, ou música, ou de exercícios físicos, ou de xadrez, cartas, ou estudo porque tanto aqueles que gostam de tais coisas, quanto aqueles que não gostam, são demasiadamente numerosos para serem suprimidos. Mas o homem e ainda mais a mulher, que podem ser acusados ou de fazer "o que ninguém faz", ou de "não fazer o que todos fazem" estão sujeitos a tanta observação depreciativa como se ele ou ela houvesse cometido alguma delinquência moral grave.

As pessoas necessitam possuir um título, ou algum outro emblema de distinção, ou da consideração das pessoas distintas, para serem capazes de indultar até certo ponto o luxo de fazer o que quiserem sem detrimento de sua estima. Indultar até certo ponto, repito: pois quem quer que se permita muito de tal indulgência, incorre no risco de algo pior do que discursos depreciativos – eles correm o perigo de passar por lunáticos e de ter sua propriedade retirada deles e doada a seus parentes(24).

Há uma característica da atual direção da opinião pública, particularmente planejada para torná-la intolerante a qualquer demonstração caracterizada de individualidade.

A média geral da humanidade não é apenas moderada nas tendências: ela não tem quaisquer gostos ou desejos fortes o suficiente para incliná-la a fazer qualquer coisa incomum, e por isso não entendem aqueles que os têm, e equipara tudo isso com o incivilizado e intemperado a quem ela está acostumada a menosprezar.

Agora, além desse fato que é geral, temos apenas que supor que um forte movimento foi iniciado em direção à melhoria dos costumes, e é evidente aquilo que devemos esperar.

Nos dias de hoje tal movimento tem se iniciado, ; muito tem realmente

---

(24) Há algo tão desprezível quanto assustador no tipo de evidência na qual, de anos recentes, qualquer pessoa pode ser declarada judicialmente inadequada para administrar seus assuntos; e após sua morte, a distribuição de suas propriedades pode ser desprezada, se for em número suficiente para pagar as despesas do litígio – que são cobradas sobre a própria propriedade. Todos os menores detalhes de sua vida diária são vasculhados, e o que quer que se encontre que – visto pelas faculdades perceptivas e descritivas do mais inferior dos inferiores, tenha uma aparência absolutamente diferente do lugar comum, será colocado perante o júri como uma evidência de insanidade, e frequentemente com sucesso; os jurados são um pouco menos vulgares e ignorantes do que as testemunhas; enquanto os juízes com aquela extraordinária falta de conhecimento da natureza humana e da vida que continuamente nos surpreende nos advogados ingleses, ajudam a enganá-los. Esses tribunais deixam entrever muito com relação ao estado de sentimento e opinião entre o vulgar com relação à liberdade humana. Tão distante de colocar qualquer valor na individualidade – tão distante de respeitar o direito de cada indivíduo de agir, de agir em coisas indiferentes como parecer bom a seu próprio julgamento e tendências, juízes e júris não podem nem mesmo conceber que uma pessoa em um estado de sanidade possa desejar tal liberdade. Em épocas anteriores quando se propunha queimar ateus, as pessoas caridosas, em vez disso costumavam sugerir colocá-las em um manicômio: não seria nada surpreendente hoje em dia se presenciássemos tal fato, e os executores louvando-se, porque, em vez de perseguição por religião, eles adotariam um modo tão humano e cristão de tratar esses desafortunados, não sem uma satisfação silenciosa em terem por meio disso obtido seus méritos.

produzido no modo de reforçar a regularidade da conduta, e desencorajar excessos; e há um espírito filantrópico em circulação, para exercício de que não há mais um campo atrativo do que a melhoria moral e prudencial de nossos semelhantes. Essas tendências de época tornam o público mais resolvido, do que na maioria das épocas anteriores, a prescrever regras gerais de conduta, e esforça-se para que todos estejam em conformidade com o padrão aprovado.

E tal padrão, expresso ou tácito, é de não desejar nada fortemente. Seu ideal de caráter é não possuir qualquer caráter determinado; mutilar por meio da compressão, como o pé de uma dama chinesa, toda parte da natureza humana que se sobressai proeminentemente, e tende a tornar a pessoa marcadamente diferente fora do perfil da humanidade comum.

Como é usualmente o caso de ideais que excluem uma metade do que é desejável, o atual padrão de aprovação produz apenas uma imitação inferior da outra metade.

Em vez de grandes energias guiadas por razão vigorosa, e sentimentos fortemente controlados por uma vontade consciente, seu resultado são sentimentos fracos e fracas energias, que portanto podem ser mantidos em conformidade visível à regra sem qualquer força seja de vontade ou de razão. Já personalidades ativas, em larga escala, estão se tornando meramente tradicionais.

Mal há agora qualquer escape para energia neste país exceto no trabalho. A energia despendida nisto é considerável.

O pouco que sobra de tal emprego de energia é despendido em algum hobby; pode ser um hobby útil, e até mesmo filantrópico, mas é sempre uma só coisa, e geralmente uma coisa de pequenas dimensões.

A grandeza da Inglaterra é agora toda coletiva; individualmente pequenos, apenas parecemos capazes de algo grande com o nosso hábito de associação; e com isso nossos filantropos morais e religiosos estão perfeitamente satisfeitos.

Mas foram homens de outa qualidade que não este que tornaram a Inglaterra o que ela tem sido; e homens ainda de outra qualidade serão necessários para impedi-la de declinar.

O despotismo do costume está em todos os lugares colocando obstáculos ao avanço humano, em incessante antagonismo àquela disposição de almejar algo melhor do que o usual, o que é chamado de acordo com as circunstâncias, de espírito de liberdade, ou de progresso ou melhoria.

O espírito de evolução não é sempre um espírito de liberdade, pois pode querer forçar melhorias em pessoas não desejosas; e o espírito de liberdade, até onde resista tais tentativas, pode se unir local e temporariamente com os oponentes da melhoria: mas a única fonte infalível e permanente de aperfeiçoamento é a liberdade, uma vez que há tantos centros de melhoria independentes quanto há individuais.

O princípio progressivo, contudo, num ou noutro formato, seja como o amor à liberdade seja ao aperfeiçoamento é antagônico ao controle dos costumes, envolvendo pelo menos emancipação desse jugo; e a luta entre os dois constituiu o interesse principal da história da humanidade.

A maior parte do mundo não possui, propriamente falando, nenhuma história porque o despotismo dos costumes é completo. Este é o caso por todo o Leste. Lá os costumes são em todas as coisas, o apelo final; justiça e direito significam conformidade com o costume; ninguém pensa em resistir ao argumento do costume, a não ser algum tirano intoxicado com o poder.

E vemos o resultado.

Aquelas nações devem uma vez ter tido originalidade; elas não brotaram do chão populosas, letradas e versadas em muitas das artes da vida; elas produziram tudo isso em si próprias, e eram então as maiores e mais poderosas nações do mundo.

O que são agora? Os súditos ou os dependentes de tribos cujos antepassados vagavam nas florestas enquanto os deles tinham palácios magníficos e lindos templos, mas sobre quem os costumes exerciam apenas uma norma dividida com liberdade e progresso. Um povo, assim parece, pode ser progressista por um certo período de tempo, e então para: quando ele para?

Quando cessa de possuir individualidade. Se uma mudança similar ocorresse nas nações na Europa, não seria exatamente da mesma forma:

o despotismo dos costumes com o qual estas nações são ameaçadas não é precisamente imobilidade.

Ele afasta a singularidade, mas não impede a mudança fornecida pelo conjunto de mudanças. Descartamos todos os costumes estabelecidos de nossos antepassados; todos ainda devem vestir-se como as outras pessoas, mas a moda pode mudar uma ou duas vezes por ano.

Dessa forma cuidamos para que quando haja mudança que seja por causa da mudança, e não a partir de qualquer ideia de beleza ou conveniência não atingiria todo o mundo no mesmo momento, se simultaneamente abandonadas por todos em um outro momento.

Mas somos progressistas assim como mutáveis: continuamente produzimos novas invenções em coisas mecânicas, e as mantemos até que sejam novamente superadas por melhores; ansiamos por melhorias na política, na educação, mesmo nos costumes, embora neste último nossa ideia de aperfeiçoamento principalmente consista em persuadir ou forçar outras pessoas a serem tão boas quanto nós mesmos. Não é ao progresso que nos opomos; pelo contrário, nós nos vangloriamos de ser o povo mais progressista que jamais viveu.

É a individualidade contra a qual lutamos: deveríamos pensar que teríamos feito maravilhas se nos tivéssemos tornado todos semelhantes; esquecendo que a diversidade de uma pessoa em relação a outra é o que geralmente chama mais atenção, a imperfeição de seu próprio tipo e a superioridade de um outro, ou para a possibilidade, combinando-se as vantagens de ambas, de produzir algo melhor que uma ou outra.

Temos um exemplo preventivo na China – uma nação de muito talento, e, em alguns aspectos, até mesmo sabedoria, devido à rara boa sorte de ter sido suprida em um período antigo com um conjunto de costumes particularmente bom, com o trabalho, em parte, de homens a quem até mesmo o europeu mais culto deve conceber, sob certas limitações, o título de sábios e filósofos.

Eles são notáveis, também, na excelência de seu aparato para imprimir, o máximo possível, a melhor sabedoria que eles possuem sobre a mente da comunidade, e assegurando que aqueles que mais se apropriam dela devam ocupar os postos de honra e poder.

Certamente as pessoas que fizeram isso descobriram o segredo do caráter progressivo humano, e devem ter se mantido firmes na chefia dos movimentos do mundo.

Pelo contrário, eles não progrediram – permaneceram assim por milhares de anos; e se alguma vez melhorarem mais à frente, deverá ser por influência dos estrangeiros.

Eles progrediram além da esperança naquilo que os filantropos ingleses estão diligentemente trabalhando – em fazer um povo todo igualmente regular, todos governando seus pensamentos e sua conduta pelas mesmas máximas e normas; e estes são os frutos. O regime moderno de opinião pública é, de uma forma desorganizada, o que os sistemas educacionais e políticos chineses são de uma forma organizada; e a menos que a individualidade seja capaz de se manter com sucesso contra esse jugo, a Europa, não obstante seus nobres antecedentes e seu cristianismo professo, tenderá a tornar-se uma outra China. O que é que tem até agora preservado a Europa deste destino? O que fez de proveitoso a família das nações europeias, apesar de uma parte inerte da humanidade?

Não há qualquer mérito superior nelas, o qual, quando existe, existe como efeito, não como causa, mas sua diversidade notável de caráter e cultura.

Indivíduos, classes, nações, têm uma grande variedade de caminhos, cada um conduzindo a algo valioso, e embora em cada período aqueles que percorreram diferentes caminhos tivessem sido intolerantes um com o outro, e cada um imaginado que seria algo excelente se todo o resto pudesse ter sido compelido a percorrer sua estrada, suas tentativas de impedir o desenvolvimento de cada um, raramente tiveram qualquer sucesso permanente, e cada tempo resistiu ao benefício que outros ofereceram.

A Europa está, em meu julgamento, totalmente obrigada com essa pluralidade de caminhos para seu desenvolvimento progressivo de múltiplos lados. Mas ela já começa a possuir esse benefício em uma proporção consideravelmente menor. Está resolutamente avançando em direção ao ideal da China em tornar todas as pessoas uniformes.

Tocqueville[25], em seu último trabalho importante, observa o quão mais os franceses dos dias atuais se parecem um com outro, do que se pareciam mesmo na última geração. Essa observação pode ser feita dos ingleses em uma proporção bem maior.

Em uma passagem já citada de William von Humboldt, ele aponta duas coisas como condições necessárias do desenvolvimento humano por que é necessário conferir às pessoas diferentes umas das outras; a saber, liberdade, e variedade de situações.

A segunda destas duas condições está diminuindo no país todos os dias. As circunstâncias que envolvem diferentes classes e indivíduos, e moldam suas personalidades, estão diariamente tornando-se mais assimiladas. Primeiramente, diferentes posições, diferentes vizinhanças, diferentes comércios e profissões, viveram no que pode ser chamado de diferentes mundos.

Comparativamente falando, elas agora leem as mesmas coisas, vão aos mesmos lugares, têm suas esperanças e temores direcionados aos mesmos objetos, têm os mesmos direitos e liberdades, e os mesmos meios de afirmá-los. Grandes são as diferenças de posição que permanecem; não representam nada para aquelas que cessaram.

E a assimilação está continuando. Todas as mudanças políticas da época a promovem, uma vez que elas tendem a erguer o inferior e a rebaixar o superior. Toda extensão de educação a promove porque a educação guia as pessoas sob influências comuns, e lhes dá acesso ao estoque geral de fatos e sentimentos. Aperfeiçoamentos nos meios de comunicação a promovem, trazendo habitantes de lugares distantes para o contato pessoal, e mantendo um rápido fluxo de mudanças de residência entre um lugar e outro.

O aumento do comércio e das manufaturas a promove, difundindo mais largamente as vantagens de fáceis condições, e abrindo todos os

(25) *L'ancien régime et la révolution* (1856), de Alexis de Tocqueville (1805-1859), político e historiador francês (NT).

objetivos de ambição, mesmo os mais altos, para a competição geral, onde o desejo de ascender torna-se não mais o caráter de uma classe em particular, mas de todas as classes.

Um agente mais poderoso do que todos esses, em realizar uma similaridade geral dentre a humanidade, é o completo estabelecimento, neste e em outros países livres, da ascendência da opinião pública sobre o Estado.

Como as várias eminências sociais que possibilitaram que pessoas fissuradas nelas desconsiderem a opinião da multidão, gradualmente tornam-se niveladas; como a ideia real de resistir à vontade do público, quando se sabe positivamente que ele tem uma vontade, desaparece cada vez mais das mentes dos políticos práticos, cessa de haver qualquer suporte social para a não conformidade – qualquer poder substancial na sociedade, a qual, ela própria contraria à ascendência de números, está interessada em tomar sob sua proteção opiniões e tendências divergentes daquelas do público.

A combinação de todas estas três causas forma uma massa tão grande de influências hostis à individualidade, que não é fácil ver como ela pode resistir em seu fundamento.

Ela assim o fará com dificuldade cada vez maior, a menos que a parte inteligente do público possa ser induzida a perceber seu valor – para perceber que é bom que deva haver diferenças, mesmo que não seja para melhor; mesmo assim, como lhes possa parecer, algumas devam ser para pior.

Se os apelos da individualidade devam ser sempre declarados, a hora é agora, enquanto muito ainda esteja faltando para completar a assimilação compelida.

É apenas nos estágios mais primitivos que qualquer resistência pode ser feita com sucesso à invasão.

A exigência de que todas as outras pessoas devam assemelhar-se a nós, cresce através daquilo de que ela se alimenta.

Se a resistência esperar até que a vida seja reduzida quase a um tipo uniforme, tudo o que diverge desse tipo será considerado ímpio, imoral, até mesmo monstruoso e contrário à natureza.

A humanidade rapidamente se tornará incapaz de conceber a diversidade, quando por algum tempo tiver sido desacostumada a vê-la.

IV – Os Limites na Autoridade da Sociedade sobre o Indivíduo

Qual, então, é o limite correto para a soberania do indivíduo sobre si mesmo? Onde a autoridade da sociedade começa? Quanto da vida humana deve ser atribuído à individualidade, e quanto à sociedade?

Cada um receberá sua parcela apropriada, se cada um possuir aquilo que mais particularmente lhe concerne.

A individualidade deveria pertencer à parte da vida na qual é principalmente o indivíduo que está interessado; à sociedade, aquela parte que principalmente interessa à sociedade.

Embora a sociedade não esteja fundamentada em um contrato, e embora nenhum bom propósito é satisfeito inventando-se um contrato a fim de deduzir dele obrigações sociais, todos os que recebem a proteção da sociedade devem um retorno para o benefício, e o fato de viver em sociedade torna indispensável que cada um deva comprometer-se a observar uma certa linha de conduta em relação ao resto.

Essa conduta consiste, primeiro, em não prejudicar os interesses um do outro; ou ainda outros interesses, que, ou por disposição legal expressa ou por compreensão tácita, devam ser considerados como direitos; e em segundo lugar, quando cada pessoa possui sua cota (a ser estabelecida sobre algum princípio justo) de trabalhos e sacrifícios incorridos para defender a sociedade ou seus membros da injúria e molestamento.

Essas condições impostas à sociedade têm justificativas para obrigar a todo custo aqueles que se esforçam em negar o cumprimento.

Nem é tudo isso o que a sociedade pode fazer.

Os atos de um indivíduo podem ser nocivos a outros, ou com falta de devida consideração com seu bem-estar, sem ter escrúpulos de violar quaisquer de seus direitos constituídos. O ofensor pode então ser justamente punido pela opinião, embora não pela lei.

Tão logo qualquer parte da conduta de uma pessoa afete prejudicialmente os interesses de outros, a sociedade terá jurisdição sobre tal, e a questão do bem-estar geral ser ou não promovido por sua interferência, torna-se aberta à discussão. Mas não há nenhum espaço para abrigar tal questão quando a conduta de uma pessoa não afetar os interesses de outras além dos dela própria, ou não precisar afetá-las a menos que elas queiram (estando todas as pessoas envolvidas na maioridade, e com uma quantidade média de compreensão). Em todos esses casos, deve haver liberdade perfeita, legal e oficial, para realizar a ação e suportar as consequências.

Seria um grande mal-entendido desta doutrina supor que é a única indiferença egoísta, que pretende que os seres humanos não tenham nada a ver com a conduta de cada um na vida, e que não devem se preocupar com o sucesso e o bem-estar um do outro, a menos que seu próprio interesse esteja envolvido.

Em vez de qualquer diminuição, há necessidade de um grande aumento de esforço desinteressado para promover o bem de outros.

Mas a benevolência desinteressada pode encontrar outros instrumentos para persuadir as pessoas para seu bem, que não chicotes e açoites, quer de natureza literal e metafórica.

Sou a última pessoa a subestimar as virtudes de autoestima; elas são apenas de importância secundária, se mesmo secundárias para o social.

É igual obrigação da educação cultivar ambas.

Mas mesmo a educação trabalha por convicção e persuasão assim como por compulsão, e é apenas pela primeira, quando o período da educação é passado, que as virtudes de autoestima devem ser inculcados.

Os seres humanos devem uns aos outros ajuda para distinguir o melhor do pior, e encorajamento para escolher o primeiro e evitar o último.

Eles devem estar sempre estimulando uns aos outros para um mesmo exercício cada vez maior de suas mais elevadas faculdades, e uma direção cada vez maior de seus sentimentos e metas em direção ao sábio ao invés do tolo, elevando ao invés de degradar, objetos e contemplações.

Mas nem uma pessoa, nem qualquer número de pessoas, tem permissão de dizer a outro ser humano de idade madura, que ele não deve fazer com sua vida para seu próprio benefício aquilo que escolhe fazer com ela.

Ela é a pessoa mais interessada em seu próprio bem-estar: o interesse que qualquer outra pessoa, exceto em casos de forte relação pessoal, possa ter nele, é superficial, comparado com aquele próprio que tem; o interesse que a sociedade tem nele individualmente (exceto em relação a sua conduta com os outros) é fracional, e completamente indireto: com respeito a seus próprios sentimentos e circunstâncias, o homem ou mulher mais comum possui meios de conhecimento que imensuravelmente excedem aqueles que possam ser possuídos por qualquer outra pessoa.

A interferência da sociedade para governar seu julgamento e propósitos naquilo que concerne a ele próprio, deve estar fundamentado em suposições gerais, que podem estar completamente erradas, e mesmo que estejam certas, podem provavelmente ser mal aplicadas aos casos individuais por pessoas não melhores conhecedoras das circunstâncias de tais casos do que aquelas que os veem exteriormente.

Neste departamento, portanto, de assuntos humanos, a individualidade tem seu próprio campo de ação.

Na conduta de seres humanos em relação a outros, é necessário que regras gerais sejam observadas pela maioria, a fim de que as pessoas possam saber o que devem esperar; mas nos próprios interesses de cada pessoa, sua espontaneidade individual tem o direito do livre exercício.

Considerações para ajudar seu julgamento, conselhos para reforçar sua vontade, podem ser oferecidos a ela, mesmo impostos por outros, mas ela própria será o juiz final.

Todos os erros que ela provavelmente deve cometer contra o conselho e aviso serão avaliados pelo mal de permitir que outros a obriguem a fazer o que julgam seu bem.

Não quero dizer que os sentimentos com os quais uma pessoa é considerada por outros, não devam ser de forma alguma afetados por suas qualidades ou deficiências de autoestima.

Isso nem possível nem desejável.

Se ela é notável em quaisquer das qualidades a seu próprio bem, ela é, de longe um objeto adequado de admiração.

Ela está muito mais próxima à perfeição ideal da natureza humana. Se ela for inteiramente deficiente em tais qualidades, um sentimento de admiração oposto se seguirá.

Há um grau de loucura, e um grau do que pode ser chamado (embora a expressão não seja censurável) de baixeza ou perversão de gosto, o que, embora não possa justificar que se faça mal à pessoa que o manifesta, concede-lhe adequada e necessariamente, um motivo de desagrado, ou, em casos extremos, mesmo de desprezo; uma pessoa não poderia ter as qualidades opostas em devida força sem tomar em consideração esses sentimentos.

Embora não fazendo nada errado a qualquer pessoa, uma pessoa pode dessa forma agir de forma que que nos obrigue a julgá-la, e a fazê-la sentir-se como uma tola, ou como um ser de ordem inferior: e uma vez que este julgamento e sentimento são um fato que ela preferiria evitar, estará prestando-lhe um serviço de avisá-la com antecedência, de qualquer outra consequência desagradável à qual ela se expõe.

Seria desejável, realmente, que essa boa tarefa fosse muito mais livremente prestada do que as noções comuns de boa educação atualmente permitem, e que uma pessoa pudesse honestamente apontar a outra suas falhas, sem ser considerada descortês ou atrevida.

Temos um direito, também, de várias formas, de influenciar nossa opinião desfavorável de alguém, não para a opressão de sua individualidade, mas no exercício da nossa.

Não somos obrigados, por exemplo, a buscar sua sociedade; temos o direito de evitá-la (embora não para desfilar aquilo que evitamos), pois é nosso direito escolher a sociedade mais aceitável para nós.

Temos um direito, e pode ser nosso dever, de precaver outros contra ela, se acharmos que seu exemplo ou conversa provavelmente tenham um efeito pernicioso sobre aqueles a quem ela se associa.

Poderemos dar a outros a preferência sobre ela em bons ofícios opcionais, exceto aqueles que tendem a seu aperfeiçoamento.

Nesses vários modos uma pessoa pode sofrer penalidades muito severas nas mãos de outras, por falhas que diretamente dizem respeito a ela própria; mas ela sofrerá tais penalidades apenas na medida em que são as consequências naturais e espontâneas das próprias falhas, não porque sejam propositadamente infligidas a ela por causa da punição.

Uma pessoa que demonstra imprudência, teimosia, presunção, que não consegue viver dentro de maneiras moderadas, não consegue abster-se de vícios danosos, que procura prazeres carnais para satisfazer sentimento e intelecto, deve esperar ser rebaixados na opinião de outros, e de terem uma parcela menor de seus sentimentos favoráveis; mas disso ela não tem o direito de se queixar, a menos que tenha merecido as boas graças de outros por excelência muito especial em suas relações sociais, e dessa forma determinado um mérito a seus bons préstimos, o que não será afetado por seus deméritos contra si próprio.

O que eu argumento é que as inconveniências que são estritamente inseparáveis do julgamento desfavorável de outros, não são apenas aquelas a que uma pessoa deva sempre estar sujeita pela parte da conduta e caráter que diz respeito a seu próprio bem, mas que não afeta os interesses de outros em sua relação com tal pessoa.

Atos ofensivos a outros requerem um tratamento totalmente diferente. Invasão de seus direitos, sofrimento a elas por qualquer perda ou dano não justificado por seus próprios direitos, falsidade ou fingimento ao lidar com elas, uso injusto ou mesquinho de vantagens sobre elas ou até mesmo abstinência egoísta de defendê-las contra ofensa – estes são objetos próprios de reprovação moral, e, em casos graves, de castigo e punição morais.

E não apenas esses atos, mas as inclinações que levam a eles, são propriamente imorais, e assuntos próprios de desaprovação que podem se tornar aversão.

Crueldade de atitude, malícia e mau gênio, aquela mais antissocial e odiosa das paixões, inveja, dissimulação e insinceridade, irascibilidade sem motivo suficiente, e ressentimento desproporcional à provocação, o amor tirânico sobre outros; o desejo de apoderar-se mais do que a sua parcela de vantagens (a pleonexia ou a cobiça dos gregos), o orgulho que origina a recompensa a partir da humilhação de outros, o egoísmo que acha que o eu e seus interesses são mais importantes do qualquer outra coisa, e decide todas as questão duvidosas a seu próprio favor – estes são vícios morais, e constituem um caráter moral ruim e odioso: diferentes das falhas de autoestima mencionadas anteriormente, que não são propriamente imoralidades, e para qualquer nível que elas possam ser levadas, não constituem perversidade.

Elas podem ser provas de qualquer quantidade de insensatez, ou falta de dignidade pessoal e autorrespeito; mas são apenas um assunto de reprovação moral quando envolvem uma quebra de dever em relação aos outros, para cujo motivo o indivíduo é obrigado a cuidar de si próprio.

O que chamamos de deveres para nós mesmos não são socialmente obrigatórios, a menos que as circunstâncias façam com que sejam ao mesmo tempo deveres para outros. O termo dever para uma pessoa, quando significa algo mais do que prudência, significa autorrespeito ou autodesenvolvimento; e por nenhum desses deveres alguém é responsável em relação a seus semelhantes, pois por nenhum deles reverteria para o bem da humanidade que ele fosse responsável.

A distinção entre a perda de consideração em que uma pessoa possa perfeitamente incorrer por falha de prudência ou de dignidade pessoal, e a reprovação que lhe é devida por uma ofensa contra os direitos de outros, não é uma distinção meramente nominal.

Há uma grande diferença tanto em nossos sentimentos quanto em nossa conduta em relação a essa pessoa, quer ela nos desagrade em coisas que achamos que temos o direito de controlá-la, quer em coisas nas quais sabemos que não temos tal direito.

Se nos desagrada, podemos expressar nosso desagrado, e podemos nos manter afastados de uma pessoa assim como de algo que nos desagrada; mas não devemos, porém, nos sentir inclinados a tornar sua vida desagradável.

Devemos imaginar que ela já suporta, ou suportará, todo o castigo de seu erro; se ela estraga sua vida por má conduta, não devemos, por essa razão, desejar estragá-la ainda mais: em vez de desejar puni-la, devemos antes nos esforçar para aliviar sua punição, mostrando-lhe como pode evitar ou curar os males que sua conduta possa lhe trazer.

Ela pode ser um objeto de compaixão, talvez de desgosto, mas não de raiva ou ressentimento; não devemos tratá-la como um inimigo da sociedade; o pior que poderíamos fazer seria deixá-lo só, se não quisermos interferir benevolentemente mostrando interesse ou preocupação com ela.

É muito diferente se ela, por outro lado, tiver infringido as regras necessárias para a proteção de seus semelhantes, individual ou coletivamente.

As consequências maléficas de seus atos não recaem então sobre ela mesma, mas nos outros; e a sociedade, como protetora de todos os seus membros, deve pagar-lhe na mesma moeda; deve infligir-lhe sofrimento com o expresso propósito de punição e deve cuidar para ser suficientemente severa. Em um caso, ela é um ofensor em nosso tribunal, e somos chamados não apenas para julgá-la, mas, de uma forma ou de outra, para executar nossa própria sentença; no outro caso, não é nosso papel causar-lhe qualquer sofrimento, exceto o que pode incidentalmente se seguir do nosso uso da mesma liberdade na regulamentação de nossos próprios assuntos, o que nos é lícito fazer.

A distinção aqui apontada entre a parte da vida de uma pessoa no que concerne apenas a ela mesma, e aquela que se refere a outros, muitos se recusarão a admiti-la.

Como (pode-se perguntar) pode qualquer parte da conduta de um membro da sociedade ser um assunto de indiferença para os outros membros?

Nenhum ser é inteiramente isolado; é impossível para uma pessoa fazer qualquer coisa séria ou permanentemente prejudicial a si mesma, sem atingir de forma danosa pelo menos suas amizades mais próximas, e de modo frequente muito além delas.

Se ela prejudica sua propriedade, causa mal àqueles que direta ou indiretamente tiram dela seu sustento e usualmente diminui, numa quantidade maior ou menor, os recursos gerais da comunidade. Se ela deteriora suas faculdades físicas ou mentais, não apenas causará mal a todos os que nela confiaram uma parte de sua felicidade, mas se desqualificará para prestar os serviços que ela geralmente deve a seus semelhantes; talvez se torne um estorvo para a benevolência e afeição de tais pessoas; e se tal conduta for muito frequente, dificilmente qualquer ofensa que seja cometida depreciaria a soma geral do bem. Finalmente, se por seus vícios e loucuras uma pessoa não causar mal a outros, ainda é (pode-se dizer) ofensiva por seu exemplo e deve ser obrigada a controlar-se por causa daqueles a quem a vista ou o conhecimento de sua conduta poderá corromper ou desencaminhar.

E até mesmo (deve-se acrescentar) se as consequências de má conduta pudessem ser confinadas ao indivíduo depravado e imprudente, a sociedade deveria abandonar à própria sorte aqueles que declaradamente são inadequados para ela?

Se a proteção contra eles próprios é confessadamente em virtude da proteção de crianças e pessoas menores de idade, não é a sociedade igualmente obrigada a prestá-la a pessoas de idade madura que são igualmente incapazes de se governar? Se jogar a dinheiro ou embriaguez ou impudicícia ou preguiça ou imundície são tão ofensivas à felicidade, um obstáculo tão grande ao aperfeiçoamento, quanto muitos ou a maior parte dos atos proibidos pela lei, por que (se é possível perguntar) não deveria a lei, na medida em que é condizente com a praticabilidade e convivência social, esforçar-se também para conter tais atos?

E como suplemento às imperfeições irrevogáveis da lei, não deveria opinar pelo menos para organizar uma polícia poderosa contra tais vícios e aplicar rigidamente penalidades sociais àqueles que sabidamente os praticam? Não cabe aqui nenhum debate (pode-se dizer) sobre restringir a individualidade, ou impedir o julgamento de novas e originais experiências de vida. As únicas coisas que se deve procurar evitar são coisas que têm sido tentadas e condenadas desde o começo do mundo até agora; coisas que a experiência tem mostrado não serem úteis ou adequadas à individualidade de qualquer pessoa.

Deve haver alguma extensão de tempo e acúmulo de experiência, após os quais uma verdade moral ou prudencial pode ser considerada como estabelecida: e é meramente desejável evitar que geração após geração recaia sobre o mesmo princípio que tem sido fatal a seus predecessores.

Admito totalmente que o prejuízo que uma pessoa causa a si própria pode seriamente afetar, tanto por meio de suas afinidades quanto de seus interesses, aqueles proximamente ligados a ela, e em menor grau, a sociedade como um todo. Quando, por esse tipo de conduta, uma pessoa é levada a violar uma obrigação distinta e designável a qualquer outra pessoa ou pessoas, o caso é retirado do âmbito de autoestima, e torna-se sujeito à desaprovação moral no sentido adequado do termo.

Se, por exemplo, um homem, por intemperança ou extravagância, é incapaz de pagar suas dívidas ou, tendo se encarregado da responsabilidade moral de uma família, torna-se pela mesma causa incapaz de sustentá-la e educá-la, é merecedor de reprovação e poderá ser justamente punido; mas pela quebra de obrigação com sua família ou credores, não pela extravagância Se os recursos que foram devotados à extravagância tivessem sido desviados para investimento mais prudente, a culpabilidade moral seria a mesma. George Barnwell[26] assassinou seu tio para pegar dinheiro para sua amante, mas se tivesse feito isso para estabelecer um negócio, ele teria sido igualmente enforcado.

Novamente, no caso comum de um homem que causa desgosto à sua família por vício e maus hábitos, merece repreensão por sua insensibilidade ou ingratidão; mas ele também pode ser repreendido por cultivar hábitos não viciosos em si, se forem dolorosos para aqueles com quem ele passa a vida, ou que por laços pessoais dependem dele para seu conforto.

Quem quer que falhe na consideração geralmente devida aos interesses e sentimentos de outros, não sendo obrigado por algum dever mais imperativo ou justificado pelo autofavoritismo admissível, está sujeito à desaprovação moral por tal falha, mas não pela causa, pelos erros, meramente pessoais para si mesmo que podem ter remotamente levado a ela.

De forma similar, quando uma pessoa se torna inapta, puramente pela conduta de autoestima, para a realização de alguma obrigação definitiva de sua incumbência para o público, é culpada de ofensa social.

Nenhuma pessoa deve ser punida simplesmente por estar bêbada; mas um soldado ou policial deveriam ser punidos por estarem bêbados em serviço.

Em suma, sempre que há um dano definido, ou um risco de dano definido, seja a um indivíduo ou ao público, o caso deve ser retirado do âmbito da liberdade e colocado naquele da moralidade ou da lei.

Mas com referência à meramente eventual ou, como pode ser chamada, ofensa implícita que uma pessoa causa à sociedade, pela conduta que não viola qualquer dever específico ao público nem ocasiona dano perceptível a nenhum indivíduo específico exceto a ela mesma, a inconveniência é que a sociedade pode permitir-se tolerar isso pelo bem maior da liberdade humana.

Se pessoas adultas devem ser punidas por não cuidarem de si

(26) *O mercador de Londres* ou *a história de George Barnwell* era uma peça melodramática do dramaturgo inglês George Lillo (1693-1739) (NT).

mesmas, eu diria que é para seu próprio bem do que sob o pretexto de impedi-las de prejudicar sua capacidade de prestar à sociedade benefícios dos quais a sociedade não pensa em ter o direito de cobrar.

Mas não posso consentir em debater o ponto como se a sociedade não tivesse nenhum meio de conduzir seus membros mais fracos até seu padrão comum de conduta racional, exceto esperar até que eles façam algo irracional, e então puni-los, legal ou moralmente, por isso.

A sociedade tem tido absoluto poder sobre eles durante toda a parte anterior de sua existência: ela teve todo o período da infância e menoridade para tentar torná-los capazes de conduta racional na vida.

A geração existente é dona tanto do treinamento quanto das circunstâncias inteiras da geração vindoura, não pode realmente torná-los perfeitamente sábios e bons, porque ela própria é tão lamentavelmente deficiente em bondade e sabedoria; e seus melhores esforços não são sempre, em casos individuais, os seus mais bem-sucedidos; mas ela é perfeitamente capaz de tornar a geração em formação, como um todo, tão boa e um pouco melhor do que ela própria.

Se a sociedade permite que um número considerável de seus membros crie meras crianças incapazes de ser influenciadas por consideração racional de motivos distantes, como sociedade é ela própria responsável pelas consequências.

Munida não apenas com os poderes da educação, mas com a ascendência que a autoridade de uma opinião admitida sempre exerce sobre as mentes daqueles que são menos adequados para julgar por si só, auxiliada pelas penalidades naturais que não podem ser impedidas de recair sobre os que incorrem no desagrado ou desprezo de quem os conhecem, não permitamos que a sociedade pense precisar, além de tudo isso, do poder para emitir comandos e reforçar a obediência nos interesses pessoais dos indivíduos, nos quais, sobre todos os princípios de justiça e orientação política, a decisão deva depender daqueles que são obrigados a sustentar as consequências.

Não há nada que tenda mais a desacreditar e a frustrar os melhores meios de influência da conduta do que recorrer ao pior. Se houver, entre aqueles aos quais se tenta compelir à prudência ou à temperança, qualquer substância da qual são feitas personalidades fortes e independentes, eles infalivelmente se rebelarão contra o jugo.

Assim, nenhuma pessoa jamais sentirá que os outros têm o direito de controlá-la em seus interesses, da mesma forma que têm o direito de impedi-la de ofendê-los nos interesses deles; e facilmente vem a ser considerada uma característica moral e coragem o fato de insultar tal autoridade usurpada e fazer com ostentação exatamente o oposto daquilo que ela ordena; como na tendência de vulgaridade que ocorreu, na época de Charles II, com relação à intolerância moral fanática dos puritanos.

Com relação ao que é dito da necessidade de proteger a sociedade do mau exemplo dado a outros pelo depravado ou pelo autoindulgente, é verdade que maus exemplos podem ter um efeito pernicioso, especialmente o de cometer ofensas a outros com impunidade.

Mas estamos agora falando de conduta que, enquanto não comete injustiça contra outros, deve causar grande mal ao próprio agente: e não vejo como aqueles que acreditam nisso, possam pensar de outra forma que aquele do exemplo, quem em suma, deva ser mais salutar do que prejudicial, uma vez que se mostra a má conduta, também mostra as consequências dolorosas ou degradantes que, se a conduta for justamente censurada, devem estar em todos ou na maioria dos casos que apresentam esse exemplo.

Mas o mais forte de todos os argumentos contra a interferência do público na conduta puramente pessoal, é que quando realmente interfere, a disparidade é que interfere de forma errada e no lugar errado.

Em questões de moralidade social, de obrigação para com os outros, a opinião pública, ou seja, de uma maioria dominante, embora frequentemente errada, provavelmente deve estar ainda mais frequentemente certa; porque em tais questões eles são apenas requeridos para julgar seus próprios interesses; na maneira em que algum modo de conduta, se permitido de ser praticado, os afete. Mas a opinião de uma maioria similar, imposta como lei sobre a minoria, em questões de conduta de autoestima, é tão provável estar errada quanto certa; pois nesses casos a opinião pública significa, no melhor dos casos, a opinião de algumas pessoas do que é bom ou ruim para outras pessoas; enquanto geralmente nem mesmo signifique isso; o público, com a mais perfeita indiferença, passa por sobre o prazer ou conveniência daqueles cuja conduta censura, e considera apenas sua própria preferência. Há muitos que consideram como ofensa a si mesmos qualquer conduta da qual se desagradam e se ressentem dela como um ultraje a seus sentimentos; como um fanático religioso, quando acusado de desrespeitar os sentimentos religiosos de outros, revida alegando que eles desrespeitam seus sentimentos, persistindo em seu culto ou credo abominável.

Mas não há nenhuma paridade entre o sentimento de uma pessoa por suas próprias opiniões, e o sentimento de outra que é ofendida por defendê-las; não mais do que entre o desejo de um ladrão de roubar uma bolsa e o desejo do proprietário do direito de mantê-la. E o gosto de uma pessoa é de seu interesse particular tanto quanto sua opinião ou sua bolsa. É fácil para qualquer pessoa imaginar um público ideal que deixa a liberdade e a escolha dos indivíduos imperturbadas em todos os assuntos incertos, e apenas exige deles que se abstenham dos modos de conduta que a experiência universal tem condenado.

Mas onde já se viu um público que estabelece tais limites à sua censura? Ou quando o público se incomoda com a experiência universal?

Em suas interferências com a conduta pessoal ele raramente está pensando em qualquer coisa exceto na barbaridade que é agir e sentir diferentemente de si próprio; e este padrão de julgamento, superficialmente disfarçado, é sustentado na humanidade como preceito da religião e da filosofia, por nove décimos de todos os escritores moralistas e especulativos.

Estes ensinam que as coisas estão certas porque são certas; porque reconhecemos que assim são.

Eles nos dizem para buscar em nossas próprias mentes e corações leis de conduta que nos protejam e a todos os outros.

O que pode o pobre público fazer senão aplicar tais instruções e tornar seus próprios sentimentos pessoais de bem e mal, se forem toleravelmente unânimes neles, obrigatórios para todo o mundo?

O mal aqui apontado não é o único que existe apenas em teoria; e pode talvez ser esperado que eu deva especificar os exemplos nos quais o povo dessa época e desse país impropriamente envolve suas próprias preferências com o caráter das leis morais.

Não estou escrevendo um ensaio sobre as aberrações do sentimento moral existente. É um assunto pesado demais para ser discutido de passagem e por ilustração.

Ainda assim exemplos são necessários, para mostrar que o princípio que sustento é de significação séria e prática e que não estou me esforçando a erguer uma barreira contra males imaginários.

E não é difícil mostrar, por meio de abundantes exemplos, que entender os limites daquilo que pode ser chamado de polícia moral, até que transgrida a mais legítima e inquestionável liberdade do indivíduo, é uma das mais universais de todas as tendências humanas.

Em primeira instância, considerem-se as antipatias que os homens nutrem sobre fundamentos não melhores do que aquele que as pessoas cujas opiniões religiosas sejam diferentes das deles; não seguem seus hábitos religiosos, especialmente suas abstinências religiosas.

Para citar um exemplo mais trivial, nada no credo ou na prática dos cristãos faz envenenar mais o ódio dos maometanos contra eles, do que o fato de comerem carne de porco.

Há uns poucos atos que os cristãos e europeus consideram com mais sincera aversão, do que os muçulmanos consideram este modo particular de satisfazer a fome.

É, em primeiro lugar, uma ofensa contra sua religião; mas essa circunstância de modo algum explica o grau ou o tipo de sua repugnância, pois o vinho também é proibido por sua religião e tomá-lo é considerado errado por todos os muçulmanos, mas não repugnante.

Sua aversão à carne do "animal imundo" é, pelo contrário, de caráter peculiar, fazendo lembrar uma aversão instintiva, que a ideia de imundície, quando enraizado nos sentimentos, parece sempre estimular mesmo aqueles cujos hábitos pessoais são escrupulosamente limpos, e dos quais o sentimento de impureza religiosa, tão intenso nos hindus, é um exemplo notável. Imaginem agora que um povo, cuja maioria era de muçulmanos, deveria insistir em não permitir a ingestão de carne de porco dentro dos limites do país.

Isto não seria nenhuma novidade nos países maometanos[27]. Seria um exercício legítimo da autoridade moral de opinião pública? E se não, por que não? A prática é realmente revoltante para tal povo. Eles também acham sinceramente que é proibida e abominada pela divindade.

Nem poderia a proibição ser censurada como perseguição religiosa. Ela poderia ser religiosa sem sua origem, mas não seria perseguição por religião, uma vez que religião de pessoa alguma faz do ato de comer carne de porco uma obrigação. O único fundamento defensável de condenação seria aquele em que o povo não tem direito de interferir na autoestima dos indivíduos.

Para nos aproximarmos de casa: a maioria dos espanhóis considera uma impiedade grosseira, no mais alto grau ofensiva ao ser supremo, cultuá-lo de qualquer outra forma que não a católica; e nenhum outro culto público é legal no solo espanhol.

As pessoas de todo o sul da Europa consideram um clero casado não apenas como irreligioso, mas lascivo, indecente, grosseiro, nojento.

O que os protestantes acham desses sentimentos perfeitamente sinceros e da tentativa de reforçá-los contra os não católicos?

Se a humanidade encontra justificativas para interferir na liberdade de cada um em coisas que não dizem respeito aos interesses dos

(27) O caso dos parses de Bombaim é um exemplo curioso. Quando essa tribo laboriosa e empreendedora, descendente dos adoradores persas do fogo, fugindo de seu país natal diante do avanço dos califas, chegaram à Índia ocidental, foram autorizados pelos soberanos hindus, sob a condição de não ingerir carne de vaca. Quando, depois disso, aquelas religiões caíram sob o domínio dos conquistadores maometanos, os parses conseguiram deles a continuidade da indulgência, sob a condição de evitar a carne de porco. O que a princípio em obediência à autoridade se tornou uma segunda característica, os parses desse dia em diante se abstiveram tanto da carne de vaca quanto da carne de porco. Embora não exigida por sua religião, a dupla abstinência teve tempo de tornar-se um costume de sua tribo; e costume no Leste é uma religião.

outros, com base em que princípio é possível excluir esses casos de forma existente?

Ou quem pode culpar as pessoas por desejar suprimir o que consideram escândalo aos olhos de Deus e do homem?

Nenhum caso mais forte pode ser mostrado por proibir qualquer coisa que seja considerada uma imoralidade pessoal, do que o estabelecido para suprimir essas práticas aos olhos daqueles que as têm como impiedade; e a menos que estejamos desejosos de adotar a lógica dos perseguidores, e dizer que podemos perseguir os outros porque estão certos, e que eles não devem nos perseguir porque estão errados, devemos tomar cuidado ao admitir um princípio segundo o qual deveríamos ficar ressentidos como uma injustiça grave ao ser aplicado sobre nós mesmos.

Os exemplos anteriores podem ser contestados, embora injustamente, como extraídos de contingências impossíveis entre nós: a opinião, neste país, não é provavelmente para reforçar a abstinência de carnes ou interferir em seus cultos e se devam casar-se ou não, de acordo com seu credo e inclinação.

O próximo exemplo, contudo, deve ser extraído da interferência na liberdade pela qual, de forma alguma, corremos perigo. Onde quer que os puritanos tenham sido suficientemente poderosos, como na Nova Inglaterra, e na Grã-Bretanha na época do Estado democrático, eles se esforçaram, com considerável sucesso, para derrubar todos os divertimentos públicos e quase todos os privados: especialmente música, dança, jogos públicos e outras reuniões com propósitos de diversão e o teatro.

Há ainda nesse país grandes grupos de pessoas cujas noções de moralidade e religião condenam tais recreações; e essas pessoas que pertencem principalmente à classe média, que são o poder ascendente na presente condição social e política do reino, não é absolutamente impossível que pessoas com esses sentimentos possam, qualquer dia, comandar uma maioria no Parlamento.

Como a parte restante da comunidade poderá gostar de que os

divertimentos permitidos sejam regulados pelos sentimentos religiosos e morais dos mais rígidos calvinistas e metodistas?

Não iriam eles, com considerável caráter autoritário, deixar que esses membros intrusamente devotos da sociedade cuidassem de sua própria vida? Isso é precisamente o que deveria ser dito a todo governo e todo povo, que têm a pretensão de que nenhuma pessoa deva ter qualquer prazer naquilo que eles acham que é errado.

Mas se o princípio da pretensão é admitido, ninguém de forma razoável pode se opor ao fato dele influenciar o senso da maioria ou outro poder preponderante no país; e todas as pessoas devem estar prontas para adaptar-se à ideia de um Estado democrático cristão, como estabelecido pelos antigos colonos na Nova Inglaterra, se uma profissão religiosa similar à deles jamais devesse conseguir recuperar seu fundamento perdido, como as religiões supostas de declínio são tão frequentemente conhecidas por fazê-lo. Talvez seja o caso de imaginar outra contingência, mais provável de ser entendida que a mencionada por último. Há confessadamente uma forte tendência no mundo moderno em relação a uma constituição democrática da sociedade, acompanhada ou não por instituições políticas populares.

Afirma-se que no país onde esta tendência é mais completamente concebida – em que tanto a sociedade quanto o governo, os Estados Unidos, representam os mais democráticos sentimentos da maioria para quem qualquer aparência de estilo de vida mais ostensivo e mais caro do que pode esperar igualar é desagradável, opera como uma lei suntuária toleravelmente eficaz e que em muitas partes da União é realmente difícil para uma pessoa, que possui uma renda muito grande, encontrar um modelo para gastá-la, o que não incorrerá em desaprovação popular.

Embora afirmações como estas sejam sem dúvida muito exageradas como representação de fatos existentes, o estado de coisas que descrevem não é apenas concebível e possível, mas um resultado provável de sentimento democrático, combinado com a noção de que o povo tem direito a um veto sobre a maneira pela qual os indivíduos devam gastar suas rendas.

Temos apenas que imaginar, além disso, uma considerável difusão de opiniões socialistas, e pode-se tornar infame aos olhos da maioria possuir mais propriedades do que alguma quantidade muito pequena ou qualquer renda não recebida pelo trabalho manual.

Opiniões similares a essas em princípio já prevalecem largamente entre a classe artesã e pesam opressivamente sobre aqueles que são submissos à opinião principalmente de tal classe, a saber, seus próprios membros.

É sabido que os maus operários que formam a maioria dos trabalhadores em muitas ramificações da indústria, são decididamente de opinião de que os maus operários devem receber os mesmos salários que os bons, e que ninguém deve ter permissão, por meio de trabalho por empreitada ou outro, de ganhar por habilidade ou esforço superior mais do que outros podem sem isso. E eles empregam um policiamento moral, que ocasionalmente se torna físico, para impedir que trabalhadores habilidosos recebam, e que empregadores deem, uma grande remuneração por um serviço mais útil.

Se o povo tem uma jurisdição sobre os interesses privados, não consigo ver como tais pessoas estavam erradas, ou como qualquer povo específico de um indivíduo possa ser culpado por declarar a mesma autoridade sobre a conduta de seu indivíduo, que o povo declara sobre as pessoas de modo geral.

Mas, sem discorrer longamente sobre casos hipotéticos, há, em nossos dias, graves usurpações da liberdade da vida privada realmente praticadas e ainda maiores ameaçadas com alguma expectativa de sucesso, e opiniões que declaram um direito ilimitado ao povo não apenas para proibir pela lei tudo o que acha que é errado, mas a fim de atingir o que acha errado, para proibir qualquer número de coisas que admite serem inocentes. Sob o pretexto de evitar a intemperança, as pessoas de uma colônia inglesa, e de quase metade dos Estados Unidos, foram impedidas por lei de fazer uso de quaisquer bebidas fermentadas, exceto para propósitos médicos: pois a proibição de sua venda é de fato, como tencionava ser, proibição de seu uso.

E embora a impraticabilidade de executar a lei tenha causado sua revogação em vários dos Estados que a haviam adotado, incluindo aquele da qual origina seu nome, uma tentativa, não obstante, foi iniciada, e é praticada com considerável zelo por muitos dos filantropos professos, para suscitar uma lei similar neste país.

A associação, ou "Aliança"(28), como se autodenomina, que foi formada para esse propósito, adquiriu alguma notoriedade por meio da publicidade dada a uma correspondência entre seu secretário e um dos muito poucos homens públicos ingleses que sustenta que as opiniões de um político devem estar fundamentadas em princípios.

A cota de Lord Stanley(29) nesta correspondência é calculada para fortalecer as esperanças já estabelecidas por aqueles que sabem quão raras tais qualidades, quando são manifestadas em algumas de suas aparições públicas, são entre aqueles que figuram na vida política.

O órgão da Aliança, que "deplorou profundamente o reconhecimento de qualquer princípio que pudesse ser mal interpretado para justificar o fanatismo e a perseguição", responsabiliza-se por apontar a "ampla e impassível barreira" que divide tais princípios daqueles da associação. "Todos os assuntos relacionados a pensamento, opinião, consciência, me parecem", diz ele, "estar fora da esfera da legislação; todos pertencendo à ação, hábito, relação social, sujeitos apenas a uma plenipotência no próprio estado, e não no indivíduo, que deve estar dentro dele".

Nenhuma menção é feita a uma terceira classe, diferente de qualquer uma dessas, isto é, ações e hábitos que não são sociais, mas individuais; embora seja a esta classe, certamente, que o ato de ingerir bebidas alcoólicas fermentadas pertença. Vender bebidas alcoólicas fermentadas, contudo, é comércio e o comércio é um ato social.

Mas a infração da qual se queixa não é da liberdade do comerciante, mas do comprador e consumidor; uma vez que o Estado poderá, da mesma forma, proibi-lo de beber vinho, e propositadamente tornar

(28) A Aliança do Reino Unido para a supressão legislativa da venda de bebidas alcoólicas, fundada em 1853 por Nathaniel Card e inspirada pelas experiências americanas na proibição (NT).

(29) E. H. Stanley (1826-1893), conde de Derby, secretário de Estado para a Índia (NT).

impossível que ele o compre. O secretário, contudo, diz, "Reivindico, como cidadão, o direito para legislar sempre que meus direitos sociais sejam invadidos pela ação social de um outro". E agora passaremos para a definição desses "direitos sociais". "Se qualquer coisa invade meus direitos sociais, certamente o comércio da bebida o faz. Ele destrói meu direito de segurança primário, criando e estimulando constantemente a desordem social.

Ele invade meu direito de igualdade, originando um lucro a partir da criação de uma miséria que sou obrigado a suportar. Ele impede meu direito à moral livre e ao desenvolvimento intelectual, cercando meu caminho com perigos, e enfraquecendo e desmoralizando a sociedade, da qual tenho o direito de reivindicar ajuda e relação mútuas".

Uma teoria de "direitos sociais", coisas desse tipo que provavelmente nunca antes encontraram seu caminho dentro da linguagem distinta: sendo simplesmente isto – que é o direito social absoluto de todo indivíduo, de que cada indivíduo deve agir em todos os aspectos exatamente como deveria; que quem quer que se engane no menor detalhe, violará meu direito social e me a autorizará a exigir da legislatura a renovação da injustiça. Um princípio tão monstruoso é muito mais perigoso do que qualquer simples interferência na liberdade; não há nenhuma violação da liberdade que ele não justificaria; não reconhece nenhum direito a qualquer liberdade que seja, exceto talvez àquele de sustentar opiniões em segredo, sem jamais divulgá-las: pois, no momento em que uma opinião que eu considero nociva passa pela boca de alguém, ela invade todos os "direitos sociais" atribuídos a mim pela Aliança.

A doutrina atribui a toda humanidade um interesse na perfeição moral, intelectual e até mesmo física de cada um, a ser definida por cada requerente de acordo com seu próprio padrão.

Outro importante exemplo de interferência na liberdade legítima do indivíduo, não simplesmente ameaçada, mas desde quando levada a efeito triunfante, é a legislação judaica.

Sem dúvida, a abstinência em um dia da semana, na medida em que as exigências da vida permitem, das ocupações diárias usuais, embora em nenhum aspecto religiosamente vinculada a ninguém exceto aos judeus, é um costume altamente benéfico. Visto que esse costume não pode ser praticado sem um consentimento geral para tal efeito entre as classes operárias, portanto, visto que algumas pessoas por conseguinte podem impor a mesma necessidade a outros, pode ser admissível desde que a lei possa garantir a cada um a prática do costume, suspendendo as grandes operações da indústria naquele dia em particular.

Mas essa justificativa, fundamentada no interesse direto que outras têm na prática de cada indivíduo, não se aplica às ocupações de própria escolha, nas quais uma pessoa pode achar adequado empregar seu lazer; nem é válido, no menor grau, para restrições legais sobre divertimentos.

É verdade que o divertimento de alguns é o trabalho do dia de outros; mas o prazer, para não dizer a recreação útil, de muitos, vale o trabalho de poucos, contanto que a ocupação seja livremente escolhida e possa ser livremente abandonada.

Os trabalhadores estão perfeitamente certos em achar que, se todos trabalhassem no domingo, o trabalho de sete dias teria que ser prestado por um salário de seis dias: mas na medida em que a grande massa de empregos é suspensa, o pequeno número que para a diversão de outros deve ainda trabalhar, obtém um aumento proporcional de ganhos; mas eles não são obrigados a seguir tais ocupações, se preferirem o lazer ao salário.

Se uma solução posterior for buscada, poderá ser encontrada no estabelecimento do costume, de um feriado em algum outro dia da semana para aquelas classes particulares de pessoas.

O único fundamento, portanto, sobre o qual restrições às diversões dominicais podem ser difundidas, deve ser porque elas são religiosamente impróprias; uma razão da legislação que nunca pode ser protestada. "*Deorum injuriae Diis curae*"[30].

Resta provar que a sociedade ou qualquer um de seus administra-

(30) Máxima do escritor romano Caius Cornelius Tacitus (55-120), que significa "Deixe as ofensas contra os deuses aos cuidados dos deuses".

dores detêm autorização de seu superior para punir qualquer suposta ofensa à onipotência, o que também não é nenhuma ofensa a nossos semelhantes. A noção de que é dever de um homem que outro deva ser religioso foi o fundamento de todas as perseguições religiosas jamais perpetradas e, se admitidas, as justificariam totalmente.

Embora o sentimento que irrompe nas repetidas tentativas para pôr fim ao funcionamento da ferrovia no domingo, em oposição à abertura de museus, e coisas assim, não tenha a crueldade das antigas perseguições, o estado espiritual demonstrado por ela é fundamentalmente o mesmo.

É uma determinação para não tolerar que outros façam o que é permitido por sua religião, porque não é permitido pela religião do perseguidor. É uma crença de que Deus não apenas abomina o ato do descrente, mas não nos deixará impunes se o molestarmos.

Não posso me abster de acrescentar a estes exemplos comumente de pequeno valor para a liberdade humana, a linguagem de clara perseguição que irrompe a partir da imprensa desse país, sempre que se sente obrigada a comunicar o notável fenômeno do mormonismo.

Muito poderia ser dito sobre o inesperado e instrutivo fato de que uma suposta nova revelação, e uma religião nela fundamentada, produto de embuste palpável, nem mesmo apoiado pelo prestígio de qualidades extraordinárias de seu fundador, seja aceita por centenas de milhares e se tenha produzido o fundamento de uma sociedade na era dos jornais, das ferrovias, e do telégrafo elétrico.

O que aqui nos preocupa é que essa religião, como outras e melhores, possui seus mártires, que seu profeta e fundador foi, por seu ensinamento, condenado à morte por uma multidão; que outros de seus adeptos perderam suas vidas pela mesma violência sem lei; que foram à força banidos, em grupos, do país no qual cresceram; enquanto, agora que têm sido caçados em um esconderijo solitário no meio de um deserto, muitos nesse país declaram abertamente que seria correto (apenas que não é conveniente) enviar uma expedição contra eles e obrigá-los à força a aceitar a opinião de outras pessoas.

A parte da doutrina mórmon, que é o principal estímulo à antipatia que desta forma rompe com as restrições comuns da tolerância religiosa, é sua sanção da poligamia; que, embora permitida aos maometanos, hindus e chineses, parece incitar inextinguível animosidade quando praticada por pessoas da língua inglesa e que professam ser cristãs.

Ninguém desaprova tão profundamente quanto eu essa instituição mórmon; tanto por outras razões, quanto porque, longe de estar de qualquer forma encorajado pelo princípio da liberdade, ela representa uma infração direta a tal princípio, sendo um mero rebite das correntes de uma metade da comunidade e uma emancipação da outra a partir da reciprocidade de obrigações em relação a elas.

Deve ser lembrado ainda que essa relação é tão mais voluntária da parte das mulheres interessadas nela, e que podem ser julgadas sofredoras por causa dela, quanto é o caso com qualquer outra forma de instituição matrimonial; e embora tal fato possa parecer surpreendente, tem suas explicações nas ideias e costumes comuns do mundo que, ao ensinar a mulheres a achar que o casamento é a única coisa necessária, tornam compreensível que muitas mulheres devam preferir ser uma das várias esposas, a não ser uma esposa de qualquer modo. Outros países não são chamados a reconhecer tais uniões ou liberar alguma parte de seus habitantes de suas próprias leis por causa das opiniões mórmons.

Mas quando os dissidentes reconheceram os sentimentos hostis de outros, bem mais do que se poderia exigir; quando deixaram os países nos quais suas doutrinas eram inaceitáveis, que se estabeleceram em um canto remoto da terra onde foram os primeiros seres humanos a habitar; é difícil ver que princípios, exceto aqueles de tirania, podem impedi-los de viver lá sob as leis que lhes agradam, contanto que não cometam nenhuma agressão a outras nações e permitam perfeita liberdade de partir àqueles que não estejam satisfeitos com seus modos de vida.

Um escritor recente, em alguns aspectos de considerável mérito, propõe (para usar suas próprias palavras) não uma cruzada, mas uma "civilização", contra essa comunidade poligâmica, para pôr fim, ao que lhe parece, esse passo retrógrado na civilização.

Também me parece assim, mas não estou ciente de que qualquer comunidade tenha o direito de forçar uma outra a ser civilizada.

Contanto que os oprimidos, por meio de seu direito peçam ajuda de outras comunidades, não posso admitir que pessoas inteiramente desvinculadas delas devam aparecer e requerer que uma situação de coisas com a qual todos estão diretamente interessados e parecem estar satisfeitos, deva terminar porque é um escândalo para pessoas distantes a milhares de milhas, que não têm nenhum papel ou interesse nisso.

Que se enviem missionários, se for conveniente, para pregar contra isso; e deixem, por quaisquer meios justos (dos quais silenciar os professores não é um deles), opor-se ao progresso de doutrinas similares por meio de seu próprio povo. Se a civilização obteve o melhor do barbarismo quando este tinha um mundo para si, seria demais temer que o barbarismo, depois de ter sido de forma justa dominado, devesse reviver e conquistar a civilização.

Uma civilização que pode, dessa forma, sucumbir a seu inimigo subjugado, deve primeiro tornar-se tão degenerada, que nem seus padres e professores designados, nem ninguém mais, terá a capacidade ou se incomodará em defendê-la. Sendo assim, quanto antes essa civilização receber o aviso para desistir, melhor. Pode somente ir de mal a pior, até ser destruída e regenerada (como o Império Ocidental) pelos vigorosos bárbaros.

V – Aplicações

Os princípios declarados nestas páginas devem ser geralmente admitidos como base para discussão de detalhes, antes que sua aplicação consistente a todos os vários departamentos do governo e costumes possa ser tentada, com qualquer prospecto de vantagem.

As poucas observações que proponho fazer sobre questões detalhadas são planejadas para ilustrar os princípios, mais do que segui-los até suas consequências.

Ofereço, não tantas aplicações, quanto exemplos de aplicação que podem servir para trazer maior clareza ao significado e limite das duas máximas que juntas formam a doutrina deste Ensaio, e para auxiliar o julgamento em sustentar o equilíbrio entre elas e nos casos em que possa parecer duvidoso qual delas é aplicável.

As máximas são, primeiro, que o indivíduo não tem que dar explicações à sociedade por suas ações, porquanto elas não dizem respeito aos interesses de ninguém a não ser a ele próprio.

Conselho, instrução, persuasão e impedimento por outras pessoas se acharem necessário para seu próprio bem, são as únicas medidas pelas quais a sociedade pode justificadamente expressar seu desagrado ou desaprovação de sua conduta. Segundo, aquela máxima para as ações que são prejudiciais aos interesses de outros, o indivíduo é responsável, e pode estar sujeito à punição social ou legal, se a sociedade for de opinião que uma ou outra é requisito para sua proteção.

Em primeiro lugar, não se deve supor de maneira alguma, por que o dano, ou probabilidade de dano, aos interesses de outros possa sozinho justificar a interferência da sociedade, que portanto sempre se justifica essa interferência.

Em muitos casos, um indivíduo, ao perseguir um objetivo legítimo necessariamente causa dor ou perda a outros, ou intercepta o benefício do qual eles tinham uma razoável esperança de conseguir.

Tais oposições de interesse entre indivíduos em geral surgem de instituições sociais ruins, mas são inevitáveis enquanto durarem essas instituições; e algumas seriam inevitáveis sob quaisquer instituições.

Quem quer que tenha sucesso em uma profissão concorrida ou em um exame competitivo; quem quer que seja preferido a um outro em qualquer competição por um objetivo que ambos desejem, tira proveito da perda de outros, de seu esforço desperdiçado e de seu desapontamento.

Mas é de consentimento comum, melhor para o interesse geral da comunidade, que as pessoas devam perseguir seus objetivos não amedrontadas por este tipo de consequência.

Em outras palavras, a sociedade não admite nenhum direito, legal ou moral, dos competidores desapontados, à imunidade desse tipo de sofrimento; e é chamada a interferir, apenas quando os meios de sucesso que tenham sido empregados sejam contrários aos que os interesses gerais permitem – a saber, fraude ou deslealdade e força.

Novamente, o comércio é uma ação social.

Quem quer que tome a responsabilidade de vender qualquer espécie de produto ao público, realiza algo que afeta o interesse de outras pessoas e da sociedade em geral; e dessa forma sua conduta, em princípio, entrará na jurisdição da sociedade: porquanto, era antes considerado dever de governos em todos os casos que eram considerados de importância fixar preços e regular os processos de manufatura.

Mas agora é reconhecido, embora somente após uma longa

batalha, que tanto o barateamento quanto a boa qualidade das mercadorias são mais eficazmente fornecidos, deixando os produtores e vendedores perfeitamente livres, sob o único controle de igual liberdade aos compradores para se abastecerem em qualquer outro lugar. Essa é a assim chamada doutrina do livre-comércio que repousa sobre fundamentos diferentes, embora igualmente sólidos, do princípio da liberdade individual afirmado neste Ensaio.

Restrições ao comércio ou à produção para propósitos comerciais são realmente impedimentos; e toda restrição, na qualidade de impedimento, é um mal: mas os impedimentos em questão afetam apenas aquela parte da conduta que a sociedade é competente para restringir e estão errados somente porque realmente não produzem os resultados que se deseja que produzam.

Como o princípio da liberdade individual não está envolvido na doutrina do livre-comércio, nem está na maior parte das questões que surgem com respeito aos limites de tal doutrina; como, por exemplo, qual quantidade de controle público é admissível para a prevenção de fraude por adulteração; até que ponto as precauções sanitárias ou as providências para proteger as pessoas trabalhadoras empregadas em ocupações perigosas, devem ser de responsabilidade dos empregadores.

Essas questões envolvem considerações de liberdade apenas na medida em que deixar as pessoas entregues a seu livre-arbítrio é sempre melhor, *coeteris paribus*(31), do que controlá-las: mas que elas possam ser legitimamente controladas para estas finalidades é, em princípio, inegável.

Por outro lado, há questões relacionadas à interferência no comércio que são essencialmente questões de liberdade; como a Lei Maine, já derrubada; a proibição da importação de ópio para a China; a restrição da venda de venenos; todos os casos, em suma, em que o objetivo da interferência é impossibilitar ou dificultar a obtenção de uma mercadoria em particular. Essas interferências são contestáveis,

(31) Expressão latina que significa "para os demais pares" (NT).

não como infrações contra a liberdade do produtor ou de vendedor, mas contra a do comprador.

Um desses exemplos, aquele da venda de veneno, abre uma nova questão; os limites adequados daquilo que pode ser chamado de funções de policiamento; até que ponto a liberdade pode ser legitimamente invadida para a prevenção de um crime ou acidente. É uma das funções indiscutíveis do governo tomar precauções contra o crime antes de ser cometido, assim como detectar e puni-lo em seguida. A função preventiva do governo, contudo, está muito mais sujeita a abuso, em detrimento da liberdade, do que à função punitiva; pois não há quase nenhuma parte da liberdade legítima de ação de um ser humano que não admitisse ser representada, e de forma justa também, como um fator de aumento das facilidades para alguma forma ou outra de delinquência. Não obstante, se uma autoridade pública, ou mesmo pessoa física, nota alguém evidentemente preparando-se para cometer um crime, não é obrigada a ser mera espectadora inativa até que o crime seja cometido, mas pode interferir para evitá-lo.

Se venenos nunca fossem comprados ou utilizados para qualquer propósito exceto para o cometimento de assassinato, seria certo proibir sua produção e venda. Eles podem, contudo, ser desejados por inocentes, com propósitos úteis, e as restrições não podem ser impostas em um único caso sem operar no outro. Novamente, é uma tarefa própria da autoridade pública prevenir acidentes.

Se um administrador público ou qualquer outra pessoa vissem alguém tentando atravessar uma ponte que tivesse sido declarada insegura e não houvesse tempo para avisá-la de seu perigo, poderiam resgatá-la e trazê-la de volta, sem qualquer violação à sua liberdade; pois a liberdade consiste em fazer o que se deseja e não se deseja cair num rio.

Não obstante, quando não há uma certeza, mas apenas um perigo de dano, ninguém a não ser a própria pessoa pode julgar a suficiência do motivo que o leva a incorrer em risco: neste caso, portanto (a não ser que seja uma criança ou um insano ou alguém em algum estado de excitamento ou absorvimento incompatível com o completo uso da faculdade de reflexão), deve, concordo, ser apenas avisada do perigo; não forçosamente impedida de se expor a ele.

Considerações similares, aplicadas a essa questão, como a venda de venenos, podem nos possibilitar decidir quais dentre os possíveis modos de regulamentação são ou não contrários ao princípio.

Semelhante precaução, por exemplo, como de rotular a droga com alguma palavra expressiva de sua natureza perigosa, pode ser obrigada sem violação da liberdade: o comprador pode desejar não saber que aquilo que possui tem qualidades envenenadoras.

Mas para exigir em todos os casos o certificado de um especialista médico, por vezes tornaria impossível, e sempre caro, obter o artigo para usos legítimos.

O único modo aparente para mim, no qual as dificuldades podem ser lançadas no caminho do crime cometido por meio desses meios, sem qualquer violação, merecedora de ser levada em consideração a liberdade daqueles que desejam a substância venenosa para outros propósitos, consiste em fornecer o que, na linguagem própria de Bentham, é chamado de "evidência pré-designada".

Essa disposição é familiar a todos no caso de contratos.

É usual e certo que a lei, quando um contrato é firmado, deva requerer como condição de sua execução obrigatória e que certas formalidades devam ser observadas, tais como assinaturas, atestação de testemunhas e coisas semelhantes, a fim de que em caso de consequente disputa, possa haver evidência para provar que o contrato foi realmente firmado e que não havia nada nas circunstâncias que o tornasse legalmente inválido: para tal efeito, lançar grandes obstáculos no caminho de contratos fictícios ou contratos realizados em circunstâncias que, se conhecidas, destruiriam sua validade.

Precauções de natureza similar podem ser obrigadas na venda de artigos adaptados para se tornarem instrumentos de crime.

Poderá ser exigido, por exemplo, que o vendedor faça um registro da hora exata da transação, do nome e do endereço do comprador, da exata natureza e quantidade vendida; perguntar sobre o propósito para o qual tal artigo é desejado e registrar a resposta que recebeu.

Quando não havia nenhuma prescrição médica, a presença de uma terceira pessoa poderia ser exigida, para apresentar provas do fato ao comprador, caso houvesse mais tarde razão para acreditar que o produto havia sido usado para propósitos criminosos.

Tais regulamentos em geral não seriam nenhum impedimento material para obter o artigo, mas bastante considerável para fazer uso impróprio dele sem detecção.

O direito inerente à sociedade para repelir crimes contra ela própria, por meio de precauções anteriores, sugere as limitações óbvias à máxima, de que a conduta puramente de autoestima não pode propriamente ser introduzida no caminho da prevenção ou punição.

Embriaguez, por exemplo, em casos comuns, não é um assunto adequado para interferência legislativa; mas devo julgar perfeitamente legítimo que uma pessoa, que tenha sido antes condenada por qualquer ato de violência contra outros sob a influência da bebida, deva ser colocada sob uma restrição legal especial, pessoal; que se fosse mais tarde encontrada bêbada, seria passível de uma penalidade e, quando nesse estado cometesse outra ofensa, a punição da qual fosse passível por esta última ofensa deveria ser aumentada em severidade.

Embebedar-se, no caso de uma pessoa a quem a bebida incita a fazer mala outros, é um crime.

Assim, novamente, a inatividade, exceto em uma pessoa que recebe suporte do público, ou exceto quando constitui uma quebra de contrato, não pode sem tirania tornar-se objeto de punição legal; mas se, a partir da inatividade ou de qualquer outra causa evitável, um homem deixar de cumprir suas obrigações legais para com os outros, como por exemplo sustentar seus filhos, não será nenhuma tirania forçá-lo a cumprir tal obrigação, com trabalho obrigatório, se nenhum outro meio estiver disponível.

Novamente, há muitos atos que, sendo diretamente ofensivos apenas aos próprios executores, não deveriam ser legalmente interditados, se realizados publicamente, são uma violação das boas maneiras e, dessa forma, entrando na categoria de ofensas contra outros, podem ser legitimamente proibidos.

Desse tipo são as ofensas contra a decência, sobre as quais é desnecessário discorrer, uma vez que estão apenas ligadas indiretamente com nosso assunto, e tendo em vista que a objeção à publicidade é igualmente forte no caso de muitas ações não condenáveis em si nem supostas de o serem.

Há uma outra questão para a qual uma resposta consistente deve ser encontrada, segundo os princípios que têm sido colocados.

Em casos de conduta pessoal, supostamente culpadas, mas que o respeito pela liberdade impede a sociedade de evitar ou punir, porque o mal diretamente resultante recai integralmente no executor; o que o executor é livre para fazer, deveriam outras pessoas ser igualmente livres para aconselhar ou instigar?

Esta questão não está livre de dificuldades. O caso de uma pessoa que solicita a outra para realizar um ato não é rigorosamente um caso de conduta de estima a si própria. Aconselhar ou induzir alguém é um ato social e pode, portanto, como as ações em geral que afetam os outros, estar sujeito ao controle social.

Mas uma pequena consideração corrige a primeira impressão, mostrando que, se o caso não está rigorosamente dentro da definição de liberdade individual, ainda assim as razões nas quais o princípio da liberdade individual está fundamentado são aplicáveis a ele.

Se as pessoas devem ser permitidas, no que quer que interesse apenas a elas próprias, para agir como lhes parecer melhor a seu próprio risco, devem ser igualmente livres para consultar uma e outra sobre o que é adequado a ser feito; para trocar opiniões e dar e receber sugestões.

O que quer que seja permitido fazer, também deve ser permitido ser aconselhado a fazer.

A questão é duvidosa, apenas quando o instigador recebe um benefício pessoal de seu conselho; quando ele faz disso sua ocupação, para subsistência ou ganho financeiro, para promover o que a sociedade e o Estado consideram ser um mal. Então, realmente, um novo elemento de complicação é introduzido; a saber, a existência de classe de pessoas com um interesse oposto ao que é considerado como o bem-estar público, e cujo modo de vida está fundamentado em sua oposição. Deveria, no caso, sofrer interferência ou não?

A fornicação, por exemplo, deve ser tolerada e também o jogo a dinheiro; mas deveria uma pessoa estar livre de ser um alcoviteiro ou manter uma casa de apostas?

O caso é um daqueles que repousam na exata linha limítrofe entre dois princípios e não é imediatamente aparente a qual das duas propriamente pertence. Há argumentos de ambos os lados.

No lado da tolerância, pode-se dizer que, o fato de seguir alguma coisa como ocupação e viver ou lucrar por meio de sua prática, não pode tornar criminoso o que de outra forma seria admissível; que o ato deveria ser consistentemente permitido ou consistentemente proibido; que, se os princípios que temos até agora defendido são verdadeiros, a sociedade não tem nenhum direito, *enquanto* sociedade, para decidir que qualquer coisa que concerne apenas ao indivíduo, seja errada; que ir além da dissuasão e que uma pessoa deve ser tão livre para persuadir quanto uma outra de dissuadir.

Em oposição a isso pode ser contestado que, embora o povo ou o Estado não estejam autorizados a decidir oficialmente com propósitos de repressão ou punição, uma vez que esta ou aquela conduta afeta apenas os interesses do indivíduo, podendo ser boa ou ruim, eles são plenamente autorizados a intervir, se a considerarem ruim, porquanto o fato de ela ser assim ou não é pelo menos uma questão discutível: de fato, isso suposto, eles não podem estar agindo de forma errada ao esforçar-se para excluir a influência de solicitações que não são desinteressadas, de instigadores que não podem possivelmente ser imparciais – que têm um interesse pessoal direto em um lado que o Estado acredita estar errado e que o promove abertamente apenas para objetivos pessoais.

Certamente (pode-se frisar) nada deve ser desperdiçado, nenhum sacrifício do bem, por assim ordenar os assuntos que as pessoas devem eleger, seja de forma tola ou sábia, conforme sua própria inspiração, tão livre quanto possível dos truques de pessoas que estimulem suas inclinações para propósitos de seu interesse próprio. Dessa forma (pode-se dizer), embora os estatutos com relação aos jogos ilegais sejam absolutamente indefensáveis – embora todas as pessoas devam ser livres de apostar em sua própria casa ou em outra ou em qualquer lugar de reunião estabelecido por suas próprias contribuições, e aberto apenas aos membros e seus visitantes –, ainda assim as casas de jogo públicas não deveriam ser permitidas.

É verdade que a proibição nunca é eficaz e que, qualquer que seja a grandeza de poder tirânico que possa ser dado à polícia, as casas de jogo podem ser sempre mantidas sob outros pretextos; mas podem ser obrigadas a conduzir suas operações com um certo grau de segredo e mistério, para que ninguém saiba nada sobre elas, exceto aqueles que as procuram; e mais que isso, a sociedade não deve indicá-las.

Há uma força considerável nesses argumentos. Não me aventurei a decidir se eles são suficientes para justificar a anomalia moral de punir o cúmplice, quando o principal tem (e deve ter) a permissão de seguir livre, de multar ou aprisionar o alcoviteiro, mas não o fornicador, o dono da casa de jogos, mas não o apostador.

Ainda menos devem as operações comuns de compra e venda sofrer interferência com base em fundamentos análogos. Quase todo produto que é comprado e vendido pode ser usado em excesso e os vendedores têm um interesse financeiro de encorajar tal excesso; mas nenhum argumento pode ser fundamentado nisso, em favor, por exemplo, da Lei Maine; por causa da classe de negociantes de bebidas fortes, embora interessada em seu uso excessivo, é indispensavelmente requerida por causa de seu uso legítimo. O interesse, contudo, desses negociantes em promover a intemperança é um mal real e justifica que o Estado imponha restrições e exija garantias que, apesar daquela justificativa, não deixam de ser infrações à legítima liberdade. Uma questão posterior é, se o Estado, enquanto permite, não obstante deva desencorajar a conduta que se julga contrária aos melhores interesses do agente; ou, por exemplo, ele deva tomar medidas para tornar os meios para a embriaguez mais caros, ou aumentar a dificuldade de encontrar essas bebidas, limitando o número de pontos de venda.

Sobre esta, como na maioria da questões práticas, muitas distinções devem ser feitas. Taxar estimulantes com o único propósito de torná-los mais difíceis de serem obtidos é uma medida que difere apenas em grau de sua total proibição; e seria possível apenas se aquela fosse justificável.

Todo aumento de custo é uma proibição àqueles cujos meios não alcançam o preço alegado; e aqueles que conseguem, é uma penalidade imposta a eles por satisfazer um gosto particular.

Sua escolha de prazeres e seu modo de gastar sua renda, após satisfazer suas obrigações legais e morais com o Estado e com os indivíduos, são suas próprias preocupações e devem repousar sobre seu próprio julgamento. Essas considerações podem parecer à primeira vista condenar a escolha de estimulantes como objetos especiais de taxação com propósitos de renda.

Mas deve ser lembrado que a taxação para propósitos fiscais é absolutamente inevitável; que na maioria dos países é necessário que uma parte considerável de tal taxação deva ser indireta; que o Estado, portanto, não pode deixar de impor taxas, que para algumas pessoas pode ser proibitiva, sobre o uso de alguns artigos de consumo.

É dessa forma obrigação do Estado considerar, ao impor taxas, quais mercadorias os consumidores podem melhor dispensar; e ainda mais conclusivo, selecionar de preferência aquelas, além de uma quantidade muito moderada, cujo o uso seja considerado positivamente danoso.

A taxação, portanto, de estimulantes, até o ponto de produzir a maior quantidade de renda (supondo-se que o Estado necessite de toda a renda que lucre) não é apenas admissível, mas deve ser aprovada.

A questão de fazer da venda dessas mercadorias um privilégio mais ou menos exclusivo deve ser respondida de forma diferente, de acordo com os propósitos aos quais a restrição é destinada a ser subserviente. Todos os lugares muito frequentados pelo público requerem a restrição de uma polícia, e lugares desse tipo particularmente, porque os danos contra a sociedade surgem especialmente nesses locais. É, portanto, adequado restringir o poder de venda de tais mercadorias (pelo menos para consumo no local) a pessoas de sabida ou confiável responsabilidade de conduta; elaborar tais regulamentos com respeito a horários de abertura e fechamento pode ser necessário para supervisão pública, e retirar a licença se violações da tranquilidade acontecerem repetidamente pela conivência ou incapacidade do dono da casa, ou se ela se tornar um ponto de encontro para planejamento e preparação de ofensas contra a lei.

Não concebo, em princípio, que qualquer restrição posterior seja justificável. A limitação em número, por exemplo, de cervejarias e bares, com expresso propósito de proporcionar a elas mais dificuldade de acesso, e diminuir as situações de tentação, não apenas expõe todas a uma inconveniência porque há algumas que abusariam da facilidade, mas é adequada apenas para um estado da sociedade em que as classes operárias são reconhecidamente tratadas como crianças ou selvagens e colocadas sob uma educação de restrição, no intuito de adaptá-las para futura admissão aos privilégios da liberdade.

Este não é o princípio sobre o qual as classes operárias são declaradamente governadas em qualquer país livre; e nenhuma pessoa que dá o devido valor à liberdade concordará que sejam governadas dessa forma, a menos que, após todos os esforços exauridos para educá-los para a liberdade e para governá-los como homens livres, tiver sido definitivamente provado que só podem ser governadas como crianças.

A simples afirmação da alternativa mostra o absurdo de supor que tais esforços tenham sido feitos em qualquer caso que precise ser considerado aqui.

É apenas porque as instituições desse país são uma massa de

inconsistências, que as coisas encontram aceitação em nossa prática que pertence ao sistema de governo despótico, ou chamado paternal, enquanto a liberdade geral de nossas instituições impede o exercício da quantidade de controle necessária para estabelecer restrição realmente eficaz como uma educação moral.

Foi apontado em uma parte anterior deste Ensaio que a liberdade do indivíduo, em coisas que dizem respeito exclusivamente a ele, implica uma liberdade correspondente em qualquer número de indivíduos para regular de comum acordo tais coisas que tenham relação com eles em conjunto, e não tenham relação com ninguém mais, exceto eles próprios.

Essa questão não apresenta dificuldade, contanto que o desejo de todas as pessoas envolvidas permaneça inalterado; mas desde que esse desejo possa mudar, é frequentemente necessário mesmo em coisas que sejam concernentes exclusivamente a elas, que possam entrosar-se; e quando o fazem, é adequado, como regra geral, que tais compromissos devam ser mantidos. Ainda assim, nas leis, provavelmente, de todos os países, esta regra geral tem algumas exceções.

Não apenas pessoas não estão presas a compromissos que violam os direitos de terceiros, mas é às vezes considerada uma razão suficiente liberá-las de um compromisso que seja ofensivo a elas próprias.

Neste e na maioria de outros países civilizados, por exemplo, um compromisso pelo qual uma pessoa deva se vender ou permita ser vendida como escravo seria nulo e inválido; não seria obrigado nem pela lei nem pela opinião.

O fundamento para, dessa forma, limitar seu poder de voluntariedade para dispor de sua própria sorte na vida é existente e muito claramente notado nesse caso extremo.

A razão para não interferir, a menos que por causa de outros, nos atos voluntários de uma pessoa, é a consideração por sua liberdade. Sua escolha voluntária é prova de que aquilo que assim escolhe é desejável ou pelo menos tolerável para ela, e seu benefício é no todo melhor conseguido por deixarem que ela use seus próprios meios de buscá-lo.

Mas vendendo-se como escravo, abdica da liberdade; desiste de qualquer uso futuro dela além daquele único ato. Frustra portanto, em seu próprio caso, o verdadeiro propósito que é a justificativa de permitir que disponha de si mesma.

Ela não é mais livre; mas está desde então em uma posição que não tem mais a presunção a seu favor, o que poderia ser concedido em função da voluntariedade ainda subsistente nela.

O princípio da liberdade não pode requerer que tal pessoa deva ser livre para não ser livre. Não é liberdade ser permitido alienar sua liberdade. Essas razões, cuja força é tão notável neste caso peculiar, são evidentemente de muito mais ampla aplicação; ainda assim um limite é estabelecido a elas em todos os lugares pelas necessidades da vida que continuamente requerem, não realmente que devêssemos renunciar à nossa liberdade, mas que devêssemos concordar com esta e com sua limitação.

O princípio, contudo, que exige liberdade incontrolada de ação em tudo que concerne apenas aos próprios executores, requer que aqueles se tornem comprometidos uns com os outros, em coisas que não se relacionam a um terceiro, e que devam ser capazes de liberar um do outro do compromisso: e mesmo sem essa liberação voluntária, talvez não haja nenhum contrato ou compromisso, exceto aqueles que se relacionam a dinheiro ou de valor monetário, sobre os quais alguém pode se arriscar a dizer que não deveria haver nenhuma liberdade, qualquer que fosse a retratação.

O barão Wilhelm von Humboldt, no excelente ensaio do qual já fiz citações, afirma com convicção que os compromissos que envolvem relações pessoais ou serviços nunca deveriam ser legalmente vinculados além de uma duração de tempo limitada; e que o mais importante desses compromissos, o casamento, tendo a peculiaridade de que seus objetivos são frustrados a menos que o sentimento de ambas as partes esteja em harmonia, não haveria necessidade de nada mais do que o desejo declarado de qualquer uma das partes para dissolvê-lo.

Este assunto é importante demais e complicado demais para ser discutido em um parênteses e toco nele apenas na medida em que é necessário para propósitos de ilustração. Se a exatidão e a generalidade da dissertação do barão Humboldt não o tivesse obrigado nesse exemplo a contentar-se com a declaração de sua conclusão sem discutir as premissas, sem dúvida teria reconhecido que a questão não pode ser decidida sobre fundamentos tão simples quanto aqueles aos quais se restringe.

Quando uma pessoa, seja por promessa expressa ou conduta, encoraja uma outra a confiar e continuar a agir de certa forma – a construir expectativas e previsões, e delimita qualquer parte de seu plano de vida sobre essa posição –, uma nova série de obrigações morais surge de sua parte em relação àquela pessoa, o que pode possivelmente ser contornado, mas não pode ser ignorado. E novamente, se a relação entre as duas partes contratantes tenha sido seguida por consequências a outros; se houver colocado terceiros em qualquer posição peculiar ou, como no caso do casamento, tiver até mesmo inventado terceiros; surgirão obrigações da parte de ambas as contratantes em relação a esses terceiros, o cumprimento ou, em todo o caso, o modo de cumprimento deve ser grandemente afetado pela continuação ou término da relação entre as partes originais do contrato.

Não é portanto, nem posso admiti-lo, que essas obrigações se estendam para requerer o cumprimento do contrato a todo custo em vista da felicidade da parte relutante; mas são um elemento necessário na questão; e mesmo que, como von Humboldt sustenta, elas não devam fazer nenhuma diferença na liberdade legal das partes para se liberarem do compromisso (também sustento que elas não devam fazer uma grande diferença), necessariamente fazem uma grande diferença na liberdade moral.

Uma pessoa é obrigada a levar todas essas circunstâncias em consideração antes de dar um passo que possa afetar tão importantes interesses de outros; e se não der importância apropriada àqueles interesses, será moralmente responsável pelo dano.

Faço estas observações óbvias para melhor ilustração do princípio geral da liberdade e não porque sejam absolutamente necessárias na questão em particular, a qual, ao contrário, é usualmente discutida como se o interesse das crianças fosse tudo e o dos adultos, nada.

Já observei que, devido à ausência de quaisquer princípios gerais reconhecidos, a liberdade é geralmente concedida onde deveria ser contida, bem como contida onde deveria ser concedida; e um dos casos em que, no moderno mundo europeu, o sentimento de liberdade é o mais forte, é um caso onde, sob meu ponto de vista, está completamente deslocada.

Uma pessoa deveria ser livre para fazer o que quiser em seus próprios interesses; mas não deve ser livre para fazer o que quiser ao agir por um outro, sob o pretexto de que os assuntos do outro são seus próprios assuntos. O Estado, enquanto respeita a liberdade de cada um naquilo que especialmente diz respeito à própria pessoa, é obrigado a manter um controle vigilante sobre o exercício de qualquer poder que permita a ela possuir sobre outros.

Essa obrigação é quase inteiramente desconsiderada no caso das relações familiares, um caso, em sua influência direta na felicidade humana, mais importante do que todos os outros juntos.

O poder quase despótico dos maridos sobre as esposas não precisa estender-se aqui, porque nada mais é necessário para a completa remoção do mal do que as esposas terem os mesmos direitos e receberem a proteção da lei da mesma maneira que todas as outras pessoas; isso porque, nesse assunto, os defensores da justiça estabelecida não se beneficiam do pretexto da liberdade, mas se mostram abertamente como defensores do poder.

É no caso de filhos que noções de liberdade mal aplicadas são um verdadeiro obstáculo ao cumprimento pelo Estado de suas obrigações. Alguém poderia pensar que os filhos de um homem deveriam ser literalmente, e não metaforicamente, uma parte dele próprio, tão zelosa é a opinião da menor interferência da lei em seu absoluto e exclusivo controle sobre eles; mais zelosa do que quase qualquer interferência em sua própria liberdade de ação: tanto menos valor a generalidade da humanidade dá à liberdade do que ao poder.

Considere-se, por exemplo, o caso da educação. Não é quase um axioma autoevidente que o Estado deva exigir e obrigar a educação, até certo ponto, de todo ser humano que nasceu como seu cidadão? Ainda assim quem não teme reconhecer e afirmar tal verdade?

Quase ninguém realmente negará que é uma das obrigações mais sagradas dos pais (ou, como a lei e o costume defendem, do pai), após colocar um ser humano no mundo, dar a este ser uma educação que o prepare para realizar bem seu papel na vida em relação a outros e a si mesmo.

Mas enquanto isso é unanimemente declarado ser obrigação do pai, quase ninguém, neste país, admitirá saber de sua obrigação para realizar essa tarefa. Em vez de exigir que ele faça todo esforço ou sacrifício para assegurar a educação ao filho, é deixado à sua escolha aceitá-la ou não quando é oferecida gratuitamente!

Ainda permanece incompreendido que trazer um filho à existência sem indício justo de ser capaz, não apenas de fornecer comida para seu corpo, mas instrução e treinamento para sua mente, seja um crime moral, tanto contra a prole desafortunada quanto contra a sociedade e que se, um pai não cumpre com sua obrigação, o Estado provê para seu cumprimento, às custas, na medida do possível, do pai.

Tivesse a obrigação de forçar a educação universal sido admitida, haveria um fim para as dificuldades sobre o que o Estado deveria ensinar, e como deveria ensinar, o que agora converte o assunto em um mero campo de batalha para seitas e partidos, fazendo com que o tempo e o trabalho que deveriam ter sido gastos em educar sejam desperdiçados em discutir sobre a educação.

Se o governo se decidisse a exigir para cada criança uma boa educação, poderia ter se livrado do trabalho de fornecê-la.

Poderia deixar que os pais obtivessem a educação onde e quando lhes agradasse e contentar-se em pagar as mensalidades escolares das classes mais pobres de crianças, custeando as despesas escolares inteiras daqueles que não têm mais ninguém para pagar por elas.

As objeções que são levantadas com razão contra a educação do Estado não se aplicam à obrigação de educar parte do Estado, mas ao Estado tomar para si a direção dessa educação: o que é uma coisa totalmente diferente. Que toda e qualquer grande parte da educação das pessoas deveria estar nas mãos do Estado, eu vou mais longe que qualquer um em protestar. Tudo o que tem sido dito sobre a importância da individualidade de caráter e da diversidade de opiniões e modos de conduta envolve, como da mesma importância indescritível, diversidade de educação.

Uma educação geral do Estado é um mero dispositivo para moldar as pessoas para serem exatamente umas como as outras; e como o molde no qual as modela é aquele que agrada ao poder predominante no governo, seja uma monarquia, um clero, uma aristocracia, ou a maioria da geração existente na proporção em que é eficiente e bem-sucedido, ele estabelece um despotismo sobre o intelecto, levando por meio da tendência natural a um despotismo sobre o corpo.

Uma educação estabelecida e controlada pelo Estado deveria apenas existir, se existe de qualquer modo, como uma entre muitas experiências competitivas, exercida com o propósito de exemplo e estímulo, para manter os outros em um determinado padrão de excelência.

A menos, realmente, que a sociedade em geral esteja em um estado tão retrógrado que não poderia viabilizar quaisquer instituições adequadas de educação, o governo se responsabilizaria pela tarefa: então, realmente, o governo poderá, como o menor de dois grandes males, assumir ele próprio o negócio de escolas e universidades, assim como poderá assumir as companhias de sociedade anônima, quando a empresa privada, em um formato adequado para assumir a responsabilidade de grandes trabalhos da indústria, não existir no país.

Mas em geral, se o país contém um número suficiente de pessoas qualificadas para fornecer educação sob os auspícios do governo, as mesmas pessoas estariam habilitadas e desejosas de dar uma educação igualmente boa, sob a certeza de remuneração fornecida por uma lei que presta educação compulsória combinada com a ajuda do Estado àqueles incapazes de custear as despesas.

O instrumento para reforçar a lei não poderia ser outro senão os exames públicos, estendendo-se a todas as crianças, e começando em uma tenra idade.

Uma idade poderia ser fixada, em que toda criança devesse ser examinada, para certificar-se de que já é capaz de ler. Se uma criança se comprovasse incapaz, o pai, a menos que tenha algum fundamento suficiente de desculpa, estaria sujeito a uma multa moderada, a ser paga, se necessário, por seu trabalho, e a criança poderia ser colocada na escola às suas próprias custas.

Uma vez por ano o exame seria renovado, com uma variedade gradualmente ampliada de assuntos, a fim de tornar a aquisição universal e mais do que isso, a retenção, de um mínimo determinado de conhecimento geral, virtualmente compulsória.

Além desse mínimo, deveria haver exames voluntários sobre todos os assuntos, nos quais todos aqueles que alcançassem um certo padrão de proficiência poderiam reivindicar um certificado.

Para evitar que o Estado exerça, por meio desses arranjos uma influência imprópria sobre a opinião, o conhecimento requerido para passar em um exame (além das partes meramente instrumentais de conhecimento, tais como idiomas e seus usos) deveria, mesmo nas classes mais altas de exames, restringir-se a fatos e ciência exata exclusivamente.

Os exames sobre religião, política, ou outros tópicos discutidos, não devem visar à verdade ou à falsidade de opiniões, mas sim ao assunto que sustenta uma opinião, seus fundamentos, seus autores, ou escolas, ou igrejas.

Sob esse sistema, a geração vindoura não passaria por situação pior com relação a todas as verdades discutidas do que está passando no presente; os homens seriam criados ou padres ou dissidentes como são agora, o Estado meramente cuidando para que devessem ser padres instruídos ou dissidentes instruídos.

Não haveria nada para impedi-los de aprender religião, se seus pais escolhessem a mesma escola onde aprenderiam outras coisas.

Todas as tentativas do Estado para influenciar as conclusões de seus cidadãos em assuntos discutidos são um mal: mas pode muito propriamente oferecer, para averiguar e certificar que uma pessoa possui o conhecimento, requisito para produzir suas conclusões sobre qualquer assunto, merecedor de atenção.

Um estudante de filosofia seria o melhor para estar apto a candidatar-se a um exame tanto sobre Locke como sobre Kant, qualquer um dos dois à sua escolha, ou mesmo sobre nenhum deles; e não há nenhuma objeção razoável para examinar um ateu nas evidências do cristianismo, contanto que não se exija que acredite nessas evidências.

Os exames, contudo, nas mais elevadas ramificações do conhecimento, deveriam, penso, ser inteiramente voluntários.

Seria muito perigoso dar poder aos governos, se estes tivessem a faculdade de excluir qualquer uma das profissões, mesmo a profissão de professor, por alegada deficiência de qualificações: penso que, junto com Wilhelm von Humboldt, graduações ou outros certificados públicos de educação científica e profissional deveriam ser dados a todos os que se apresentassem para exame e se candidatassem ao teste; mas esses certificados não deveriam conferir nenhuma vantagem sobre os competidores, que não fosse o peso que pode ser atribuído a seu testemunho pela opinião pública.

Não é apenas no campo da educação que noções de liberdade mal aplicadas impedem que as obrigações morais da parte dos pais sejam reconhecidas e as obrigações legais sejam impostas, onde há sempre os mais fortes fundamentos para os primeiros, e em muitos casos para as últimas também. O fato em si, de colocar no mundo um ser humano, é uma das ações mais responsáveis no âmbito da vida humana.

Para tomar essa responsabilidade – conceber uma vida que pode ser uma maldição ou uma bênção – a menos que o ser que deva ser concebido tenha as chances mínimas de uma existência desejável, seria um crime contra esse ser. E em um país superpopuloso ou ameaçado de sê-lo, ter filhos, além de um número muito pequeno, com o propósito de reduzir o pagamento por trabalho por causa da competição, é uma séria ofensa contra todos que vivem da remuneração de seu trabalho.

As leis que, em muitos países no continente, proíbem o casamento a menos que as partes possam provar que têm os meios de sustentar uma família, não excedem os poderes legítimos do Estado: se essas leis são convenientes ou não (uma questão principalmente dependente das circunstâncias e sentimentos locais), pelo menos não são contestáveis como violações da liberdade.

Essas leis são interferências do Estado para coibir um ato prejudicial – uma ação ofensiva a outros, que deve estar sujeita à reprovação e ao estigma social, mesmo quando não é julgada conveniente para adicionar mais punição legal. Ainda assim as ideias atuais de liberdade, que se inclinam tão facilmente às infrações reais da liberdade do indivíduo em que as coisas que concernem apenas a ele mesmo, afastariam a tentativa de colocar qualquer restrição sobre suas inclinações quando a consequência de sua indulgência é uma vida ou vidas de miséria e depravação para a prole, com males múltiplos para aqueles, suficientemente dentro do alcance de serem de qualquer forma afetados por suas ações.

Quando comparamos o estranho respeito da humanidade pela liberdade, com sua estranha falta de respeito por ela, poderemos imaginar que um homem tenha um direito indispensável de causar mal a outros e nenhum direito absolutamente para agradá-lo sem causar dor a alguém.

Reservei para o último lugar uma grande classe de questões com respeito aos limites da interferência do governo que, embora intimamente conectadas com o assunto deste Ensaio, rigorosamente não pertençam a ele.

Estes são casos nos quais as razões contra a interferência não tratam do princípio da liberdade: a questão não é restringir as ações dos indivíduos, mas ajudá-los: pergunta-se se o governo deveria fazer, ou que fosse feito, algo para o benefício dos indivíduos, em vez de deixar que eles próprios o fizessem, individualmente, e em combinação voluntária.

As objeções à interferência do governo, quando esta não envolve infração da liberdade, podem ser de três tipos. A primeira é quando algo a ser feito seja provavelmente melhor realizado por indivíduos do que pelo governo. Em geral, não há ninguém tão adequado para conduzir qualquer negócio, ou para determinar como e por quem deve ser conduzido, quanto aqueles que estão pessoalmente interessados nele.

Este princípio condena as interferências, uma vez tão comuns, da legislatura ou administradores do governo, nos processos comuns da indústria. Mas essa parte do assunto foi suficientemente abrangida por economistas políticos e não está particularmente relacionada aos princípios deste Ensaio.

A segunda objeção está mais ligada a nosso assunto. Em muitos casos, embora os indivíduos possam não realizar algo em particular tão bem na média quanto os administradores do governo, não obstante é desejável que deva ser realizada por eles, mais do que pelo governo, como um meio para sua própria educação mental – um modo de fortalecer suas faculdades ativas, exercitando seu julgamento e dando-lhes um conhecimento familiar dos assuntos com os quais devem lidar.

Esta é uma recomendação principal, embora não seja a única do tribunal de júri (em casos não políticos); de instituições populares livres locais e municipais; ou da conduta de empresas industriais e filantrópicas por associações voluntárias. Estas não são questões de liberdade, e estão ligadas com aquele tema apenas por tendências remotas: mas são questões de desenvolvimento.

Pertence a uma situação diferente da atual, discorre sobre coisas como partes da educação nacional; sendo, na verdade, o treinamento peculiar de um cidadão, a parte prática da educação política, de um povo livre, retira-o dos estrito círculo de egoísmo pessoal e familiar, costumando-o à compreensão de interesses conjuntos, à administração de interesses conjuntos – habituando-o a agir a partir de motivos públicos ou semipúblicos, e guiar sua conduta por objetivos que unam em vez de isolá-lo.

Sem estes hábitos e poderes, uma constituição livre não pode ser atuada nem preservada; como exemplificado pela natureza muitas vezes transitória da liberdade política em países onde ela não repousa sobre uma base suficiente de liberdades locais.

A administração de assuntos puramente locais pelas localidades e das grandes empresas da indústria pela união daqueles que voluntariamente fornecem os meios financeiros, é ainda recomendável por todas as vantagens que foram antecipadas neste Ensaio como pertencentes à individualidade do desenvolvimento e à diversidade de modos de ação.

As operações do governo tendem a ser semelhantes em todos os lugares. Com associações individuais e voluntárias, ao contrário, há experiências variadas e diversidade infinita de experiências.

O que o Estado pode fazer de forma útil é tornar-se um depósito central, circulador e difusor ativo, da experiência resultante de muitas tentativas. Seu trabalho é possibilitar que cada experimentador se beneficie das experiências de outros, em vez de não aceitar experimentos que não os seus próprios.

A terceira e mais irrefutável de todas as objeções para restringir a interferência do governo é o grande mal de acrescentar funções desnecessariamente a seu poder. Toda função acrescida àquela já exercida pelo governo torna sua influência sobre esperanças e temores mais amplamente difundida e converte, cada vez mais, a parte ativa e ambiciosa do público em carrasco do governo ou em partidos que almejam tornar-se governo.

Se as estradas, as ferrovias, os bancos, as seguradoras, as grandes companhias de sociedade anônima, as universidades e as obras assistenciais públicas, fossem todas ramificações do governo; se, além disso, as corporações municipais e ministérios locais, com tudo aquilo que agora recai sobre elas, tornassem-se departamentos da administração central; se os empregados de todas essas empresas diferentes fossem designados e pagos pelo governo e confiassem no governo para qualquer promoção na vida, nem toda a liberdade de imprensa e constituição popular da legislatura fariam deste ou de qualquer outro país, um país livre a não ser no nome.

E o mal seria maior, quanto mais eficiente e cientificamente a máquina administrativa tenha sido construída – quanto mais habilidosas as providências para obter as melhores mãos e cabeças com quais trabalhar.

Na Inglaterra tem sido ultimamente proposto que todos os membros do serviço civil do governo fossem selecionados por exame competitivo para que se obtivessem as pessoas mais inteligentes e instruídas para tais empregos,; e muito tem sido dito e escrito a favor e contra essa proposta.

Um dos argumentos em que seus oponentes mais insistem é que a ocupação de um funcionário permanente e oficial do Estado não detém suficientes aspectos de competição e importância para atrair os mais elevados talentos, que sempre poderão encontrar uma carreira mais convidativa nas profissões ou no serviço de companhias e outros órgãos públicos. Ninguém se surpreenderia se este argumento tivesse sido usado pelos amigos da proposição como uma resposta à sua principal dificuldade. Vindo dos oponentes, é bastante estranho.

O que é realçado como uma objeção é a válvula de escape do sistema proposto. Se realmente todos os elevados talentos do país pudessem ser levados para o serviço do governo, uma proposta que tencione provocar tal resultado poderá bem inspirar inquietude.

Se toda parte do trabalho da sociedade que exigiu união organizada, ou visões grandes e abrangentes, estivesse nas mãos do governo e, se os escritórios do governo estivessem cheios de homens mais capazes, toda cultura expandida e inteligência praticada no país, exceto a puramente especulativa, estaria concentrada em uma burocracia numerosa, a quem o resto da comunidade procuraria por todas as coisas: a multiplicidade de direção e preceito em tudo o que eles têm que fazer; a capacidade e ambição de progresso pessoal.

Para ser admitido nessas classificações de burocracia, e quando admitidos, para ascender nesse sentido, seriam os únicos objetos de ambição.

Sob este regime, não apenas o público exterior fica mal qualificado, por falta de experiência prática para criticar ou checar o modo de operação da burocracia, mas mesmo se os acidentes do trabalho despótico ou natural de instituições populares ocasionalmente eleve ao poder um governante ou governantes de tendências reformadoras, nenhuma reforma poderá ser efetuada que seja contrária ao interesse da burocracia.

Essa é a condição melancólica do império russo, como mostrado nas considerações daqueles que têm tido oportunidade suficiente de observação. O próprio Czar é impotente contra a burocracia; ele pode enviar qualquer um deles para a Sibéria, mas não pode governar sem eles, ou contra sua vontade.

Em todos os seus decretos, eles têm um veto tácito, simplesmente para evitar de levá-lo a efeito. Em países de civilização mais avançada e um espírito de maior insurreição, o público acostumado a esperar que tudo seja feito para eles pelo Estado ou pelo menos a não fazer nada por si sós sem solicitar ao Estado, não apenas para que ele o faça, mas mesmo como deve ser feito, naturalmente faz do Estado responsável por todo mal que recaia sobre eles e quando o mal excede sua paciência, eles se revoltam contra o governo e fazem o que se chama de revolução; em consequência do que alguém, com ou sem autoridade legítima da nação, salta na cadeira, dá suas ordens à burocracia, e tudo continua como antes; isso porque a burocracia é imutável e ninguém mais é capaz de tomar seu lugar.

Um espetáculo muito diferente é exibido entre as pessoas acostumadas a realizar suas próprias tarefas.

Na França, uma grande parte das pessoas tendo se alistado no serviço militar, muitas receberam pelo menos a classificação de oficiais subalternos; há em toda insurreição popular várias pessoas competentes para tomar a liderança e improvisar algum plano de ação aceitável.

O que os franceses são nos assuntos militares, os americanos são em todo tipo de negócio civil; deixe-os sem um governo, todo americano será capaz de improvisar um e realizar aquele ou qualquer outro negócio público com suficiente quantidade de inteligência, ordem e decisão.

Isso é o que todo povo livre deveria ser; um povo capaz disso certamente será livre, e nunca se deixará escravizar por qualquer homem ou grupos de homens porque esses são capazes de tomar as rédeas da administração central.

Nenhuma burocracia pode esperar forçar os povos a isso ou passar por qualquer coisa que não gostem. Mas onde tudo é feito por meio da burocracia, nada a que a burocracia seja adversa pode ser feito absolutamente. A constituição desses países é uma organização da experiência e habilidade prática da nação, em um corpo disciplinado com o propósito de governar o resto; e por mais perfeita que essa organização seja em si, quanto mais bem-sucedida em atrair para si mesma e em educar por si mesma as pessoas de maior capacidade de todas as classes da comunidade, mais completa será a dependência de todos, inclusive os membros da própria burocracia. Pois os governantes são tanto escravos de sua organização e disciplina, quanto os governados são dos governantes.

Um mandarim chinês é tanto a ferramenta e a criatura de um despotismo quanto o cultivador mais humilde. Um jesuíta é, no máximo grau de humilhação, o escravo de sua ordem, embora a própria ordem exista para o poder e importância coletivas de seus membros.

Não se deve esquecer também que a absorção de toda principal habilidade do país dentro do corpo do governo é fatal, mais cedo ou mais tarde, para a atividade mental e caráter progressivo do próprio corpo. Ligados como estão – trabalhando um sistema que, como todos os sistemas, necessariamente se instaura em grande parte por meio de regras fixas – o corpo oficial está sob a constante tentação de se afundar na rotina indolente, ou, se ocasionalmente abandonam aquela roda de moinho, de precipitar-se em crueza considerada pela metade que tivesse atingido a imaginação de algum membro líder da corporação: e a única verificação para essas tendências intimamente aliadas, embora aparentemente opostas do único estímulo que pode manter a habilidade do próprio corpo em um padrão elevado, é a responsabilidade com a crítica atenta de igual habilidade fora do corpo.

É indispensável, portanto, que os meios devam existir, independentemente do governo para formar tal habilidade e fornecê-la com as oportunidades e experiência necessária para um correto julgamento dos grandes assuntos práticos. Se possuíssemos permanentemente um corpo habilidoso e eficiente de funcionários – acima de tudo, um corpo capaz de produzir e desejoso de adotar melhorias; se não tivéssemos nossa burocracia degenerada em uma "pedantocracia", esse corpo não deveria se apoderar de todas as ocupações que formam e cultivam as faculdades requeridas para o governo da humanidade.

Determinar o ponto em que os males, tão temíveis para a liberdade e o progresso humanos, começam, ou antes em que eles começam a predominar sobre os benefícios que atendem a aplicação coletiva da força da sociedade, sob seus chefes reconhecidos, para a remoção dos obstáculos que se colocam no caminho de seu bem-estar; para assegurar o máximo das vantagens de poder e inteligência centralizados, sem que uma grande proporção da atividade geral seja transformada em canais governamentais – é uma das mais difíceis e complicadas questões na arte do governo.

É, em grande parte, uma questão de detalhe, na qual muitas e várias considerações devem ser mantidas e nenhuma regra absoluta pode ser formulada.

Mas acredito que o princípio prático no qual reside a segurança, o ideal é manter o padrão pelo qual se deve testar todas as providências planejadas para superar a dificuldade, pode ser afirmado nestas palavras: a maior disseminação de poder consistente com a eficiência;

mas a maior centralização possível de informação e difusão desta a partir do centro.

Dessa forma, na administração municipal haveria, como nos Estados da Nova Inglaterra, uma minuciosa divisão entre os funcionários públicos separados, escolhidos pelas localidades, de todo o trabalho que seria melhor deixá-lo para as pessoas diretamente interessadas; mas, além disso, haveria, em cada departamento de assuntos locais, uma superintendência central, formando uma ramificação do governo geral.

O órgão dessa superintendência concentraria, como em um foco, a variedade de informação e experiência originadas da conduta daquela ramificação de negócios públicos em todas as localidades, a partir de todas as coisas análogas que são feitas em países estrangeiros e a partir dos princípios gerais da ciência política.

Esse órgão central deveria ter o direito de conhecer tudo o que é feito e sua tarefa especial seria aquela de fazer com que o conhecimento fosse adquirido em um lugar disponível para outros.

Livre de preconceitos mesquinhos e visões estreitas de uma localidade, por sua elevada posição e esfera abrangente de observação, sua advertência naturalmente teria muita autoridade; mas seu poder real, como uma instituição permanente, deveria, assim concebo eu, estar limitado a compelir os funcionários públicos locais a obedecer à lei formulada para sua orientação.

Em todas as coisas não fornecidas pelas regras gerais, tais funcionários deveriam ser deixados a seu próprio julgamento, sob a responsabilidade de seus constituintes.

Para a violação das regras, eles deveriam ser responsáveis perante a lei, e as próprias regras deveriam ser formuladas pela legislatura; a autoridade administrativa central zelando apenas por sua execução, e se não fossem propriamente efetivadas, recorreria à apelação, de acordo com a natureza do caso, aos tribunais para fazer cumprir a lei, ou aos eleitorados para demitir os funcionários que não a tivessem executado de acordo com seu espírito.

Assim, em sua concepção geral, é a superintendência geral que o

Ministério da Lei dos Pobres[32] deve exercer sobre os administradores da taxa de pobreza em todo o país.

Quaisquer que sejam os poderes que o Ministério exerça além desse limite, fossem certos e necessários nesse caso peculiar, para o saneamento dos hábitos enraizados de má administração em assuntos que profundamente não afetam as localidades meramente, mas toda a comunidade, uma vez que nenhuma tem o direito moral de fazer de si, pela má administração, um ninho de pauperismo, necessariamente transbordando para outras localidades, e enfraquecendo a condição moral e física de toda comunidade operária. Os poderes de coerção administrativa e legislação subordinada possuídas pelo Ministério da Lei dos Pobres (os quais, devido ao estado de opinião sobre o assunto, são insuficientemente exercidos por eles), embora perfeitamente justificáveis em um caso de interesse nacional de primeira classe, estariam totalmente fora de lugar na superintendência de interesses puramente locais.

Mas um órgão central de informações e instruções para todas as localidades seria igualmente valioso em todos os departamentos da administração. Para o governo nunca é demais esse tipo de atividade que não impede, mas ajuda e estimula o esforço e o desenvolvimento individuais.

O dano começa quando, em vez de estimular a atividade e o poder de grupos de indivíduos, substitui sua própria atividade pela deles; quando, em vez de informar, aconselhar e, dependendo da ocasião, denunciar, os faz trabalhar em grilhões ou os convida a ficar de lado e realiza seu trabalho em lugar deles próprios.

O valor de um Estado, no final das contas, é o valor dos indivíduos que o compõem; e o Estado que transfere os interesses de sua expansão e elevação mental para um pouco mais de habilidade administrativa, ou algo que se assemelhe ao que a prática fornece, nos detalhes do trabalho; um Estado que impede o desenvolvimento

(32) Órgão estabelecido para a Lei dos Pobres de 1834, a fim de supervisionar a administração da Lei nas localidades.

de seus homens, a fim de que possam ser instrumentos mais dóceis em suas mãos mesmo para propósitos benéficos descobrirá que com homens pequenos nada de grande poderá ser realmente realizado; e que a perfeição da máquina à qual ele tudo sacrificou, no final não o auxiliará em nada, por falta do poder vital que, para que a máquina pudesse trabalhar mais facilmente, ele preferiu banir.

Impressão e Acabamento
Gráfica Oceano